L'HOMME QUI PEIGNAIT LES ÂMES

DU MÊME AUTEUR

MON CHER JEAN... DE LA CIGALE À LA FRACTURE SOCIALE, essai, Zoé, 1997.

LE MYSTÈRE MACHIAVEL, essai, Zoé, 1999.

NIETZSCHE OU L'INSAISISSABLE CONSOLATION, essai, Zoé, 2000.

LA CHAMBRE DE VINCENT, récit, Zoé, 2002.

VICTORIA-HALL, roman (prix du Premier Roman de Sablet), Pauvert, 2004 ; Bable n° 726.

DERNIÈRE LETTRE À THÉO, roman, Actes Sud, 2005.

L'IMPRÉVISIBLE, roman (prix des Auditeurs de la Radio suisse romande ; prix des lecteurs FNAC Côte d'Azur), Actes Sud, 2006 ; Babel n° 910.

LA PENSION MARGUERITE, roman (prix Lipp), Actes Sud, 2006 ; Babel n° 823.

LA FILLE DES LOUGANIS, roman (prix Version Femina Virgin Megastore ; prix de l'Office central des bibliothèques), Actes Sud, 2007 ; Babel n° 967.

LOIN DES BRAS, roman, Actes Sud, 2009 ; Babel n° 1068.

LE TURQUETTO, roman (prix Jean Giono, prix Page des Libraires, prix Alberto Benveniste, prix Casanova, prix Culture et Bibliothèques pour tous, Prix Richelieu de la Francophonie), Actes Sud/Leméac, 2011 ; Babel n° 1184.

PRINCE D'ORCHESTRE, roman, Actes Sud/Leméac, 2012 ; Babel n° 1253.

(Suite en fin d'ouvrage)

METIN ARDITI

L'HOMME QUI PEIGNAIT LES ÂMES

roman

BERNARD GRASSET
PARIS

ISBN : 978-2-246-82395-7

« Les joies du monde sont notre seule nourriture. »

Jean GIONO

À Michel Zink

Prologue

Au monastère de Mar Saba, à une vingtaine de kilomètres au sud de Bethléem, se trouve l'icône dite du *Christ Guerrier*[1]. Jésus y est représenté vêtu d'un tabard blanc marqué d'une grande croix rouge écarlate, la tenue des premiers croisés.

Le fond de l'icône est d'or. Sur la gauche, à hauteur des yeux, figure un poisson bleu argent sous lequel sont écrites cinq lettres grecques, en rouge :

ΙΧΘΥΣ

qui signifie « poisson », acronyme de l'inscription figurant au côté droit de l'icône, en rouge également :

ΙΗΣΟΥΣ ΧΡΙΣΤΟΣ ΘΕΟΥ ΥΙΟΣ ΣΩΤΗΡ
(Le Sauveur Jésus-Christ Fils de Dieu)

---

1. Dans l'église de Theotokos, sur la partie droite de l'iconostase en regardant depuis la nef.

Par sa spiritualité, sa puissance et son éclat, *Le Christ Guerrier* est du même rang que *La Sainte-Trinité* d'Andréi Roublev ou *La Transfiguration* de Théophane le Grec (toutes deux à la Galerie Trétiakov de Moscou). Le personnage du Christ est si humain, son regard si fort, qu'on le dirait prêt à sortir du cadre.

Durant des siècles, *Le Christ Guerrier* fut attribué à Théophane le Grec.

En 2012, le monastère décida de procéder à la restauration de l'icône et la confia à l'atelier Lacaille, de Saint-Germain-en-Laye.

Après avoir retiré les nombreuses couches de vernis appliquées au fil des siècles, la restauratrice fut frappée par une anomalie. Pour représenter le poisson, Théophane n'avait pas eu recours au bleu outremer, un extrait du lapis-lazuli dont les iconographes du XIVe siècle faisaient un usage systématique, mais à un autre bleu, plus éclatant, dont la pigmentation n'était pas celle du lapis. Théophane avait-il voulu montrer combien il était habile ? Que lui, et lui seul, arrivait à donner à son bleu un tel rendu sans passer par les facilités qu'offraient les nouveaux pigments ? Il avait laissé le souvenir d'un homme de grande modestie, et ce genre de coquetterie ne lui aurait pas ressemblé.

Intriguée, la restauratrice suggéra au monastère de soumettre l'icône à l'Institut Royal du Patrimoine Artistique, l'IRPA de Bruxelles, spécialisé dans la datation d'œuvres d'art.

Une analyse de dendrochronologie (détermination de l'âge du bois par l'étude des cernes de croissance) conclut que le bois de l'icône, du cyprès, avait été coupé entre les années 1088 et 1108. Or, le style de l'icône, empreint de réalisme, la situait de façon irrévocable au XIVe siècle, peut-être même plus tard : au XIe siècle, les personnages étaient hiératiques. Une icône montrant un Christ prêt à « sortir du cadre » aurait été considérée blasphématoire et brûlée. Il se pouvait que le bois ait été coupé au XIe et que l'œuvre n'ait été réalisée que trois siècles plus tard. Mais la probabilité qu'il soit resté intact étant quasi nulle, cette hypothèse fut écartée.

Ainsi, *Le Christ Guerrier* ne pouvait être de la main de Théophane le Grec.

Qui donc était son auteur, iconographe de génie ?

AN 1079

ACRE

Quatre petites figues enrobées de sirop

— Pour toi !

C'était leur rituel. Chaque fois qu'Avner livrait du poisson au monastère, Thomas lui préparait un petit en-cas : une galette grillée recouverte d'une couche de fromage de chèvre, épaisse et très crémeuse.

À l'instant où Avner tendit le bras, Thomas retira la galette d'un geste brusque, l'air espiègle :

— Es-tu passé par Le Petit Paradis, ce matin ?

En contrebas de l'église, un figuier sauvage avait poussé à même le muret, enfonçant ses racines sous ses pierres. Avner avait baptisé l'endroit Le Petit Paradis.

Oui, il était bel et bien passé par là.

— Et tu n'as pas vu qu'il manquait quelque chose ? Respire !

Avner ferma les yeux, inspira profondément et son visage s'illumina :

— Je sais !

Chaque début de printemps, Thomas surveillait la pousse des figues sauvages. Il les cueillait au moment précis où leur couleur tournait au vert foncé, lorsqu'elles étaient encore tendres, pas plus grandes qu'une phalange. Leur cœur n'avait pas encore granulé, et cela leur permettait de garder toute leur senteur. Thomas les apprêtait en une confiture bonne à « damner un saint », comme il aimait dire, des mots qui lui permettaient de taquiner le blasphème à peu de frais et lui donnaient l'occasion d'un petit frisson.

S'il se lançait chaque printemps dans une préparation aussi délicate, c'était pour faire plaisir à Avner et à lui seul, une façon, aussi, de prolonger les instants qu'ils passaient ensemble. Chacune de ses visites était pour Thomas un moment de bonheur. Existait-il au monde garçon plus doux ? Plus respectueux ? Personne, au monastère, ne lui parlait avec autant de considération… Alors, sachant combien Avner aimait sa confiture, il cuisait autant de fruits que le figuier le lui permettait, en général de quoi tenir jusqu'au milieu de l'automne, et il le faisait sans que les frères soient au courant. Du reste, lorsqu'il allait cueillir les figues, c'était toujours en catimini. Et une fois la confiture prête, ni vu ni connu, il la cachait en haut d'une armoire.

— Regarde !

À l'aide d'une cuillère en bois, il retira d'un bol quatre petites figues enrobées de sirop et les déposa avec délicatesse sur la couche de fromage.

Avner se saisit de la galette et la mordit, ayant soin de prendre en bouche une figue entière. Durant quelques instants, il se tint immobile, les yeux fermés, à humer le parfum dégagé par les petits fruits restés sur la galette. Il était à la fois délicat et enivrant, le même dont il s'emplissait les poumons lorsqu'il était étendu sous le figuier.

Très vite, l'onctuosité du fromage, la douceur du sirop et la tendresse du fruit lui procurèrent une succession de plaisirs qu'il s'amusa à identifier, selon que c'était le fromage, le sirop ou le fruit qui caressait son palais.

Enfin il avala sa première bouchée :

— Tu les as cueillies quand ?

— Dimanche, répondit Thomas. Le jour juste. Tu ne le sens pas ?

La bouche à nouveau pleine, les yeux brillants, Avner hocha la tête. Impossible d'imaginer une confiture plus parfaite.

Thomas se saisit d'une outre et la remplit de vin au robinet d'un grand tonneau. C'était leur accord : un litre de vin pour un kilo de poisson.

— Et un petit bol pour le petit gourmand ! ajouta Thomas.

L'estomac calé par la galette, Avner but le vin d'une traite, serra le moine dans ses bras et quitta la cuisine.

Comme il aimait Thomas ! Il n'y avait pas meilleur homme au monde. Au monastère de la Sainte-Trinité, on le considérait comme simple d'esprit. Il avait été placé aux cuisines… Il est vrai que mis à part le poisson que leur apportait Avner, le quotidien que se partageaient les frères était simple. Des haricots à l'œil noir… une bouillie de sésame mêlé d'oignons et de blé concassé… rien qui demandait un grand savoir-faire. Mais Thomas valait mieux que ça ! La preuve en était sa confiture de figues sauvages. Et cette façon qu'il avait de s'adresser à lui, comme s'ils étaient du même âge, alors que lui-même n'avait que quatorze ans et Thomas plus du double…

Oui, vraiment, Thomas était le meilleur homme qui soit. Et toujours souriant !

Pas comme mon père, se dit Avner, toujours dans la réprimande…

Alors qu'il approchait du parvis, il repensa à ses instructions. À cet endroit précis, il avait ordre d'accélérer le pas et de se tenir éloigné de l'église « de quarante coudées au moins ». Les chants orthodoxes sont insidieux, lui disait son père. Doux à l'oreille, afin de séduire les faibles… « Souviens-toi du premier commandement ! », répétait-il.

Je suis l'Éternel, ton Dieu, qui t'ai fait sortir du pays d'Égypte, de la maison de servitude. Tu n'auras pas d'autres dieux devant ma face... « Et s'il est le premier d'entre tous, ce n'est pas un hasard ! »

C'était ça, les discussions avec son père. Elles se terminaient toutes par une intimidation ou un blâme. Et si Avner cherchait à mettre en cause tel ou tel aspect d'un commandement, la réaction était toujours la même : « Nous ne sommes plus qu'une poignée ! Et tu veux nous diviser ! »

À Acre, il restait une vingtaine de familles juives, regroupées au sud de la ville, au-delà des remparts. Les Fatimides toléraient leur présence... quand ils ne les dépouillaient pas. Mais était-ce sa faute ? Devait-il pour cela vivre dans la tristesse ? Au monastère, tout le réjouissait ! La gentillesse de Thomas, les délices de la galette, la sérénité du Petit Paradis, la douceur des chants, la beauté des papillons qu'il s'amusait à repérer... Tout !

Comme à son habitude, il ignora l'injonction paternelle et s'installa sous le figuier sauvage. Le lieu était entouré de cyprès, de pins, d'orangers et de citronniers au milieu desquels virevoltaient des myriades de papillons. Utilisant l'outre comme appuie-tête, il ferma les yeux et se laissa bercer par les chants qui lui parvenaient de l'église.

Il n'y avait jamais pénétré, la transgression aurait été trop grande. Et des chants, il ne comprenait pas un mot. Mais ils le subjuguaient. Les voix s'étiraient avec une telle douceur... Elles sont faites pour atteindre le ciel, se disait Avner.

Ainsi, à chacune de ses visites au Petit Paradis, Avner se laissait envahir par un mélange de bonheurs, faits du bercement des chants liturgiques, des senteurs puissantes du figuier sauvage et de la torpeur dans laquelle le plongeait le vin de Thomas. Allongé sous le figuier, il goûtait à ces plaisirs de tout son être, les yeux mi-clos, le visage à la fois réchauffé par le soleil du matin et rafraîchi par la brise, lorsqu'elle était assez forte pour atteindre les collines. Elle arrivait au monastère chargée des senteurs marines qui se mêlaient à celles des pins, des orangers, des citronniers et du figuier. Avner fermait alors les paupières et, saisissant les senteurs au vol, essayait d'identifier chacune d'elles.

Lorsqu'il se sentait repu de ces plaisirs, il ouvrait les yeux et se livrait à l'une de ses activités préférées : observer les papillons. Une tête proportionnée au reste du corps, des ailes comme des capes, de l'allure, de la grâce... Y avait-il animal plus majestueux ? Arrivés près des fleurs pour boire leur suc, les papillons déroulaient leur trompe, l'air hautain, comme s'ils attendaient qu'elles les remercient, et aspiraient leur nectar. L'avant-veille, le plus extraordinaire d'entre tous était venu se poser sur l'une des branches du figuier, à une coudée d'Avner. Très grand, les ailes couvertes de paillettes d'or, il paradait. De peur de faire partir l'animal, Avner s'était arrêté de respirer aussi longtemps qu'il avait pu, avant de laisser filer son souffle. À l'instant même, le papillon avait déployé ses ailes. Le Roi des Rois, s'était dit Avner, voilà comment je vais l'appeler.

Trouver le nom juste pour chaque papillon, du moins pour les plus beaux, était une tâche indispensable. Car comment s'y référer, lorsqu'il voulait penser à l'un d'eux ? Les dessiner lui était interdit. Le lendemain de cette première rencontre avec le Roi des Rois, il s'était laissé aller à faire une esquisse du papillon au coin d'une feuille destinée à l'apprentissage de l'alphabet hébraïque. Eléazar, son père, était entré dans une colère terrible : « Te rends-tu compte que tu trahis le plus important de nos commandements ? » Il lui avait fait lire cent fois, à voix haute, debout devant lui, un passage du Deutéronome, « de façon à ce qu'il entre jusque dans tes os », avait tonné son père. Avner s'en souvenait mot pour mot :

Lo Tassé le'ha pesel kol temouna acher bachamayim mimaal vaacher baaretz mita'hat vaacher bamayim mita'hat laaretz…

Tu ne te feras point d'image taillée, ni de représentation quelconque des choses qui sont en haut dans les cieux, qui sont en bas sur la terre, et qui sont dans les eaux plus bas que la terre...

Tu ne te prosterneras point devant elles, et tu ne les serviras point ; car moi, l'Éternel, ton Dieu, je suis un Dieu jaloux, qui punis l'iniquité des pères sur les enfants jusqu'à la troisième et la quatrième génération de ceux qui me haïssent, et qui fais miséricorde jusqu'en mille générations à ceux qui m'aiment et qui gardent mes commandements.

Alors qu'il répétait ces mots, une question le tourmentait, qu'il n'osait pas poser. Allait-il s'incliner devant un papillon parce qu'il l'avait dessiné ? C'était ridicule. Il est vrai que les papillons étaient majestueux... On pouvait même imaginer une religion dont les papillons seraient les dieux... Comme ils étaient éphémères, ils ne seraient vénérés que peu de temps. En plus, il y aurait de la variété...

Il sourit. Des bêtises, bien sûr. Le papillon était l'œuvre du Seigneur. Le célébrer, n'était-ce pas honorer son Créateur ? Et ne pas pouvoir le reproduire, n'était-ce pas priver d'une joie ceux qui ne pouvaient pas se déplacer ? Et cette idée, aussi, de punir les enfants de ceux qui ne respectaient pas les commandements. Ils n'y étaient pour rien, les pauvres ! À l'évidence, le commandement avait pour propos de faire peur. Mais respecter par peur, était-ce respecter ? Comme ces mots de Moïse descendant de la montagne en flammes, qu'Éléazar aimait tant répéter : *Ne vous effrayez pas ; car c'est pour vous mettre à l'épreuve que Dieu est venu, et c'est pour que vous ayez sa crainte devant les yeux, afin que vous ne péchiez point.*

Fallait-il que les gens obéissent par crainte ? N'aurait-il pas été plus juste de leur faire confiance ?

Sur le chemin du retour

À une demi-lieue du bord de mer, le chemin du retour passait par un plateau d'où la vue embrassait l'infini, des remparts de Caïfa, au sud, jusqu'à la citadelle d'Acre, et devant, la mer à perte de vue. Avner s'arrêta, ferma les yeux et inspira profondément. À cet endroit, la brise était chargée des effluves putrides d'algues et de poissons venus s'échouer sur les galets. Il resta une longue minute debout face à la mer, à s'emplir les poumons des senteurs marines, par longues inspirations. Elles étaient bien moins délicates que celles du Petit Paradis, mais elles portaient un souffle si fort, si plein de vie, qu'elles enchantaient Avner autant que celles du figuier. Rien ne l'obligeait à choisir entre ces senteurs si différentes. Il avait le droit d'aimer chacune, dans sa diversité. Pourquoi alors ne pouvait-il s'émerveiller des chants orthodoxes ? Parce qu'il était juif ? Cette obligation d'obéir à des lois ridicules, d'avoir le droit d'aimer ceci mais pas cela, de se couper de plaisirs délicats, de joies innocentes, au risque de voir son père exploser de colère, tout cela le révoltait.

Soudain, la perspective de se retrouver face à lui assombrit son humeur, et il reprit le chemin du retour d'un pas traînant.

Heureusement, à peine chez lui, il retrouverait Myriam, sa cousine. Douze ans plus tôt, Abigail, sa mère, avait été enlevée par les Fatimides. Il n'était pas rare que des soldats aient ordre de voler une femme, pour le bon plaisir de leur gouverneur ou celui d'un de ses hôtes. Abigail ne donna plus signe de vie. Six mois plus tard, le père de Myriam disparut en mer, et sa cousine vint habiter chez eux. Elle était la personne qu'il aimait le plus au monde. La plus belle, aussi. Haute de taille, mince, très brune de peau, une vraie princesse. Avner lui ressemblait au point qu'ils auraient pu passer pour jumeaux.

Ils avaient grandi comme frère et sœur et partagèrent longtemps la même chambre. Quand le sang vint à Myriam, Avner eut ordre de dormir dans la chambre des parents. Mais cette règle souffrait d'exceptions. Lorsque Éléazar voulait rester seul avec sa femme, il renvoyait Avner dormir dans la pièce voisine. Les deux cousins se retrouvaient alors côte à côte pour la nuit, avec ordre à chacun de se tenir sur sa natte. Mais comment obéir, lorsque la pièce est si exiguë que les nattes se touchent, que les parents sont occupés à autre chose qu'à les surveiller, et qu'au fil des ans, la curiosité, la tendresse, et enfin le désir, prennent le dessus sur l'interdiction ?

Le plaisir de la fleur au moment où
la pénètre une trompe de papillon

— Viens !

C'était toujours le même « viens » que lui lançait Myriam, un « viens » soufflé dans le noir, impératif, qui le faisait chaque fois chavirer. Il se glissa sur la natte de sa cousine et s'étendit sur elle.

C'était Myriam qui fixait les limites de leurs attouchements. Chacun devait garder sa chemise de nuit. Elle autorisait Avner à presser de ses avant-bras le flanc de ses seins, mais il n'avait pas le droit de poser la main sur sa poitrine. Bien sûr, il arrivait qu'au moment de retourner sur sa natte, il triche. Myriam le laissait faire, contente de sentir la caresse sans être la responsable de l'entorse. Elle refusa longtemps tout contact de sa langue, craignant d'en retirer un plaisir qui lui ferait perdre ses sens, jusqu'à une nuit où, ne résistant plus à l'envie d'en sentir la caresse, elle lui avait chuchoté : « Lèche-moi le cou ! ». Dès les premiers coups de langue d'Avner, elle s'était efforcée de rire, pour donner à son trouble des allures d'innocence.

Avner s'étendit sur sa cousine, se mit à onduler du bassin, et, selon l'habitude, Myriam le positionna sur elle de façon à ce que son sexe la caresse là où elle aimait, pour qu'elle aussi atteigne le plaisir.

Lorsqu'ils furent tous deux apaisés, elle chuchota :

— Il t'a dit ?

« Il », c'était Thomas, à qui Avner avait demandé le sens des mots que chantaient les frères aux offices.

— Et si mon père m'entend ?

— Dépêche-toi !

Il approcha la bouche de son oreille :

Heureux les pauvres en esprit,
car le royaume des Cieux est à eux.
Heureux les affligés, car ils seront consolés.
Heureux les doux, car ils posséderont la terre.
Heureux les affamés et assoiffés de la justice,
car ils seront rassasiés.
Heureux les miséricordieux,
car ils obtiendront miséricorde.

— Et pour le grec ? demanda Myriam.

— Dieu se dit *o Théos*, le pain, *artos*, le vin, *inos*, merci, *evharisto*, le paradis, *o paradissos*.

Les paroles du chant liturgique l'avaient laissée indifférente. Elle les trouvait naïves. Si les Chrétiens pensaient qu'il fallait être misérable pour atteindre le bonheur, c'était leur affaire. Mais qu'Avner veuille apprendre le grec, voilà qui l'inquiétait.

— Tu devrais venir un après-midi, dit Avner.

Elle pourrait monter jusqu'aux alentours du monastère avec ses brebis et le rejoindre sous le figuier. À cette heure-là, le père serait occupé à préparer le matériel de pêche pour le lendemain, elle ne risquait rien. Elle écouterait les chants, elle verrait le Roi des Rois, elle l'observerait virevolter d'une fleur à l'autre, choisir celle dont il avait envie et déployer sa trompe pour en puiser le nectar…

— Je suis sûr que les fleurs sont heureuses d'être pénétrées par lui.

Elle étouffa un petit rire :

— Qu'est-ce que tu en sais, de ce que pensent les fleurs ? Tu leur as posé la question ?

Elle lui ébouriffa les cheveux :

— Tu es vraiment fou, Avner !

La vie

Ils étaient tous quatre à l'étable, penchés sur l'une des brebis. La veille au matin, Bina, la mère d'Avner, avait remarqué que l'animal avait le pis rose-rouge et les tétines tendues. La naissance de son agneau était imminente.

Une poche de deux pouces sortit de la brebis et celle-ci se mit à tournicoter en émettant de petits bêlements.

— Bonne fille, dit Bina d'une voix douce, bonne fille… Tout ira bien…

Myriam se tourna vers Avner. Il avait les traits tirés. La fois précédente, le petit animal s'était présenté avec les pattes arrière. Avner avait cherché à le positionner correctement, et au bout d'un quart d'heure d'efforts, il s'était retrouvé avec un agnelet mort-né dans les mains.

Myriam lui entoura l'épaule de son bras. Au même instant, la poche se déchira, libérant les fluides de la brebis qui cessa de tournicoter et se recoucha. Bina s'accroupit près d'elle et lui caressa le ventre. Très vite, l'animal se redressa puis se recoucha, tout entier dans l'effort.

— Les pattes avant ! cria Avner.

La brebis se mit à bêler très fort, tendit ses pattes, et très vite éjecta un petit corps gluant. Eléazar sala le museau de l'agneau et celui-ci se mit à gigoter. Quelques instants plus tard, la brebis, debout, léchait son petit.

— La vie, dit Bina.

Ils s'embrassèrent tous quatre.

Après que la brebis eut avalé son placenta, l'agneau se mit à son tour sur ses pattes et colla son museau au ventre de sa mère.

Avner lui passa la main sur sa tête et sentit les prémices de cornes :

— Un petit bouc !

Éblouis par ce qu'ils venaient de vivre, les trois autres ne bougèrent pas, dans l'attente de voir le lait couler des mamelles de la mère dans la gorge de son petit.

Une demi-heure plus tard, l'animal se coucha et montra ses tétines à l'agneau qui se mit à boire son lait avec vigueur. Alors Eléazar dit à Avner de prendre sa natte et d'aller dormir dans la pièce voisine.

Ce soir-là, dès qu'Avner s'étendit sur Myriam, elle chercha sa bouche et écarta les lèvres. Lorsque sa langue effleura celle de son cousin, celui-ci ressentit une douceur qui lui rappela celle de la confiture de figues, lorsqu'il prenait en bouche un petit fruit enrobé de son sirop et le suçait aussi longtemps qu'il pouvait.

Il n'y a que l'or

— Écoute les chants.

Myriam ferma les yeux. Pour la première fois, elle avait rejoint Avner sous le figuier. Le troupeau broutait à trente pas, en contrebas. Seul l'agneau de trois jours était étendu à son côté.

— C'est vrai qu'ils sont divins, murmura Myriam.

Au bout de quelques minutes, elle ouvrit les yeux, regarda autour d'elle et se leva d'un bond :

— L'agneau !

Elle courut vers le troupeau, certaine que le petit animal avait été rejoindre sa mère. Avner se leva à son tour, scruta les champs et le repéra sur le parvis :

— Je le vois !

Le temps qu'il rejoigne l'agneau, celui-ci avait atteint le seuil de l'église et s'y était couché. Avner le prit dans ses bras et s'apprêtait à le ramener à sa mère lorsque, pour la première fois, le chant des moines lui parvint à pleine voix. Il s'arrêta, décidé à les écouter de près, lorsque au même instant elles se turent, en ordre décalé. Trois moines s'approchèrent de lui, subjugués.

— *O amnos ilthe is ton òikon tou Patros*, dit l'un d'eux en grec. L'agneau est venu dans la maison du Seigneur.

Voyant qu'Avner ne comprenait pas ce qui venait d'être dit, un autre lui traduisit ces mots en araméen :

— Qui es-tu ?

— Je m'appelle Avner et je suis juif.

— Notre Seigneur est né juif, ajouta le moine. Je suis le frère Anastase.

— Il faut que je retourne, dit Avner.

— Alors va. *O Theos mazisou*, que Dieu soit avec toi, qui nous as apporté l'agneau.

Au moment où Avner s'apprêtait à rebrousser chemin, son regard fut attiré par un objet qui lui était inconnu, dont la vue le décontenança. L'agneau dans les bras, il pénétra lentement dans l'église :

— Qu'est-ce que c'est ?

— Une icône, répondit Anastase.

On y voyait trois personnages assis, le regard baissé. Le fond de l'icône brillait comme de l'or, et il émanait des visages une expression de grande douceur.

— Qui sont-ils ? demanda Avner, la voix mal assurée.

— Les trois anges. Ils annoncent à Abraham que sa femme Sarah aura un enfant. Tu connais l'histoire, j'imagine ?

Les yeux sur l'icône, Avner ne répondit pas.

L'histoire d'Abraham était celle des Chrétiens autant que celle des Juifs, poursuivit Anastase. Si ce n'est que sur cette icône, les personnages symbolisaient le Père, le Fils et l'Esprit Saint :

— C'est la Sainte-Trinité. Notre façon de voir le Seigneur.

Avner était ébahi :

— Le fond brille comme l'or…

— C'est de l'or pur, dit Anastase. Il n'y a que l'or qui soit digne de Dieu. L'icône est due à frère Théophile, un moine du monastère de la Sainte-Mère-de-Dieu, à Bethléem.

Avner n'arrivait pas à ôter ses yeux de l'icône. Il avait le sentiment déroutant que les trois anges l'attendaient, prêts à entrer en dialogue avec lui.

Impressionné par l'intensité du regard d'Avner, le moine attendit. Plusieurs minutes s'écoulèrent.

— Suis-moi, dit enfin Anastase.

Il lui entoura l'épaule de son bras et le dirigea vers le fond de la nef :

— Voici l'iconostase, qui sépare le monde des vivants de celui de l'Esprit.

La paroi était recouverte de dizaines d'icônes. Avner s'approcha de l'une d'elles, parmi les plus grandes, située sur la droite de l'iconostase.

— La Vierge et l'Enfant, dit Anastase.

Elle tenait dans ses bras Jésus, comme à cet instant Avner tenait l'agneau.

— Cette icône est-elle aussi de frère Théophile ?

— Celle-ci est de ma main, répondit Anastase, telle que l'a guidée Notre Seigneur.

Avner hocha la tête.

— Je dois m'en aller, maintenant.

— Si tu souhaites revenir, je t'accueillerai avec joie.

Avner retourna au Petit Paradis, l'esprit en feu. Heureusement, Myriam ne s'y trouvait plus, elle aurait remarqué son trouble et il aurait été incapable de l'expliquer.

Il la vit à une centaine de pas, qui courait derrière un bouc. Lorsqu'il la rejoignit, elle était si essoufflée qu'elle ne chercha pas à savoir ce qu'il avait fait durant tout ce temps.

Un sentiment de sérénité

Le lendemain, après avoir quitté Thomas, Avner alla s'allonger sous le figuier, incapable de retrouver l'état de demi-sommeil qui chaque fois l'emportait. Lorsque le Roi des Rois apparut, il l'observa durant quelques secondes et le regarda partir sans regret. Même les chants liturgiques ne produirent pas leur effet habituel.

Toutes ses pensées allaient aux icônes, à leur beauté, au sentiment de sérénité qu'elles lui avaient procuré.

Il entendit un bruit de pas. C'était Anastase. Le moine s'assit à son côté :

— Tu as aimé nos icônes, je crois.

— Elles sont très belles, dit Avner. Chez nous, on ne peut représenter ni Dieu ni son œuvre.

— Écoute cette histoire, elle t'aidera à comprendre ce qu'elles sont pour nous.

Anastase raconta comment le roi Abgar d'Edesse, lépreux, avait envoyé son alchimiste, Hannah, prier le Christ de venir jusqu'à lui. Ne pouvant accéder à sa demande, le Christ appliqua un tissu sur son propre visage. Lorsqu'il le retira, le tissu était marqué de ses traits. C'était le Mandylion, la première icône :

— En grec, *mandylion* désigne un morceau de tissu. Lorsque le roi Abgar eut le Mandylion devant lui, il guérit. Voilà pour la première de toutes les icônes. Dieu invisible était devenu visible. Pour nous, l'icône est l'image de Dieu invisible. Il ne s'agit pas d'une représentation ou d'un dessin, mais d'un objet sacré, qui ne peut se travailler que dans le silence et la prière. On ne peint pas une icône. On l'écrit. On n'est pas peintre mais écrivain d'icônes.

— Ce ne sont pas des mots que j'ai vus, dit Avner. C'étaient des images.

— Tu as vu une prière incarnée. L'écriture d'une icône n'est pas un travail d'artiste. C'est une représentation du divin, celle d'un croyant qui a une foi profonde et possède la connaissance des Textes. Si un jour tu souhaites en savoir plus, reviens me voir.

Jamais

— Viens, te dis-je !

Myriam ébouriffa les cheveux d'Avner. Que se passait-il pour qu'il ne réponde pas à son invitation ? Il finit par s'étendre sur elle et colla sa bouche à son oreille. Est-ce qu'elle se souvenait des chants qu'ils avaient écoutés au Petit Paradis ?

— Ils étaient magnifiques.

— Eh bien, chuchota Avner, j'ai vu quelque chose de mille fois plus beau.

Il lui raconta son émotion face aux icônes, sa discussion avec Anastase, qui continuait de le troubler, son sentiment d'entrevoir un monde paisible et consolant, tellement moins sévère que celui dans lequel ils vivaient.

— Tu veux nous quitter ? Devenir l'un des leurs ?

Elle lui prit la tête entre les mains et l'obligea, dans le noir, à se tenir nez à nez, comme s'ils se regardaient dans les yeux.

— Je ne te quitterai jamais, dit Avner.

Elle approcha son visage du sien et écarta les lèvres, comme le soir où était né l'agneau.

Les huit portes

Posée sur trois chevalets, la grande planche était couverte de poudres, de fioles, de pierres, de coupelles, de pinceaux, de vases en terre cuite, d'outils de toutes sortes et de copeaux. Une odeur âcre s'en dégageait, mêlant des effluves d'huiles, de soufre, de minéraux et de térébenthine. Deux lampes à huile, placées de part et d'autre de la table, éclairaient les murs sur lesquels étaient accrochées des dizaines d'icônes.

— Te revoilà ! s'exclama Anastase.

Les yeux sur l'un des murs, Avner ne réagit pas. Le moine attendit une longue minute, puis lui proposa de se rendre à l'église, là où se trouvaient les plus belles des icônes du monastère.

Avner se tourna vers lui et secoua la tête :

— Je voudrais te voir en peindre une.

— Pas peindre, corrigea Anastase, écrire. J'en commence une. Regarde.

Muni d'une pointe de métal, il se mit à lisser avec vigueur la surface d'une planche de bois, transfiguré par sa tâche.

Après avoir gratté une heure durant, il s'arrêta, le front en sueur :

— Retourne à l'église. Passer du temps devant l'iconostase te sera plus agréable que de rester à l'atelier.

— Est-ce qu'un jour, je pourrais apprendre à écrire une icône ? demanda Avner.

Anastase le regarda, sceptique. Cela lui paraissait difficile. Le travail de l'iconographe l'amenait à franchir huit portes. Tant qu'Avner était juif, seules les trois premières lui seraient ouvertes. Pour franchir les suivantes, il lui faudrait embrasser la foi du Christ. Les iconographes étaient tous des moines qui consacraient leur vie à l'écriture des icônes. Devenir iconographe serait pour lui un bouleversement total :

— C'est aussi un chemin très long, à la fois technique et spirituel. Les règles d'écriture sont savantes. Et il y a un impératif théologique qui ne s'acquiert que par une longue étude des Textes et par une réflexion profonde, qui mène à la foi. Le don de soi est total.

— Je suis prêt à m'y atteler de toutes mes forces, dit Avner.

L'apprentissage des techniques, l'étude des Textes, le chemin vers la foi, rien ne lui faisait peur, pour autant qu'un jour, Anastase l'autorise à écrire des icônes. Pouvait-il déjà l'éclairer ? En quoi consistaient les huit étapes ? Combien de temps lui faudrait-il pour franchir les trois premières ? Et les cinq suivantes ?

— Viens jeudi, répondit Anastase. Et jusque-là, réfléchis à tout ce que devenir iconographe implique.

Il sourit :

— Tu risques de changer d'avis.

Caresser de la soie

Au retour de la pêche, Avner courut jusqu'au monastère, et, pour la première fois, se rendit à l'atelier avant d'aller livrer son poisson à Thomas. Il y trouva Anastase. Lorsque celui-ci vit Avner hors d'haleine, son panier à poisson à la main, il se mit à rire :

— Tu ne voudrais pas commencer par dire bonjour à Thomas ?

— J'ai réfléchi, répondit Avner.

Rien ne lui semblait aussi beau et aussi urgent que d'écrire des icônes. Quelles que soient ses exigences, il était déterminé à s'engager dans cette voie.

Anastase chercha son regard. Avait-il pensé aux siens ? À ce qu'il se passerait lorsqu'ils apprendraient que leur fils les abandonnait ? Qu'il quittait sa judéité ?

La veille, au retour d'Avner, sa mère lui avait tendu un bol rempli de grains de raisin, de ceux qu'elle mettait à sécher pour en faire des sultanines. Elle les avait pelés, tous, un à un, un travail délicat et fastidieux qu'elle ne réservait qu'à son fils. Elle lui avait tendu le bol sans ni mimique ni sourire qui pourrait quémander un remerciement, tant la chose lui paraissait aller de soi. Qu'elle passe une heure à peler des grains de raisin qu'un garçon de quatorze ans pouvait croquer sans le moindre problème, dans le seul but de lui faire plaisir, voilà qui était, à ses yeux, dans l'ordre naturel des choses. À l'idée qu'il pourrait l'abandonner, Avner n'en avait pas dormi de la nuit. Mais de cela il ne dit rien et affirma d'une voix toujours haletante qu'il avait réfléchi. Il était décidé à faire tout ce qu'il fallait pour devenir iconographe.

— Alors, dit Anastase, puisque tu es si sûr de ce que tu veux, commençons.

Il tendit à Avner une planche de bois dont l'intérieur avait été évidé, à l'exception d'un bandeau large d'un pouce qui en formait le cadre :

— Touche !

Avner fit glisser son index sur la partie centrale.

— Tu vois, reprit Anastase, je n'ai pas fini le travail, il y a encore des aspérités. Nous allons les éliminer ensemble.

— Qui a coupé la planche ?

— Nous en fabriquons une partie, c'est notre frère Sevastianos qui s'en charge. Il choisit l'arbre, de préférence un cèdre ou un cyprès, évite ses nœuds et débite la planche à proximité du cœur… C'est un travail savant. Nous achetons également des planches à des marchands, souvent des musulmans qui parcourent la Palestine de monastère en monastère. Mais peu importe d'où elles viennent, l'important est de les rendre aussi lisses que possible.

Il prit la planche en main, se saisit d'une pointe métallique et, durant un quart d'heure, se mit à gratter la surface du bois, là où apparaissaient encore des fibres :

— Tu le vois, c'est un travail fastidieux et délicat.

Il lui tendit la pointe et l'observa en silence durant deux ou trois minutes. Très vite Avner attrapa le coup de main. Ils se passèrent la pointe cinq ou six fois.

Au bout d'une heure, Anastase épousseta la planche et la tendit à Avner :

— Touche, maintenant.

Avner repassa son index sur la planche et eut l'impression de caresser de la soie.

— Pour comprendre comment se construit une icône, reprit Anastase, commence par accompagner Sevastianos dans les collines.

Aussi douce que ta peau

— Et aujourd'hui ? souffla Myriam.

— Aujourd'hui… je pose mes mains où je veux ! chuchota Avner d'un ton joyeux.

Elle chercha sa bouche, l'embrassa longuement, et le repoussa sur sa natte d'un geste brusque :

— Dis-moi, pour aujourd'hui !

Une fois la planche bien lisse, Anastase l'avait enduite d'une colle liquide et chaude.

— Et la colle ? Tu l'as étalée toi-même ?

Pas encore. Il avait regardé Anastase passer la planche au pinceau, puis lisser la colle à la main, pour la faire pénétrer aussi profond que possible et chasser les petites bulles :

— Quand le travail est fini, chuchota Avner, tu ne peux pas imaginer combien la surface de la planche est douce.

Il glissa la main sur le ventre de Myriam :

— Presque aussi douce que ta peau…

Elle posa la main sur celle d'Avner et la maintint immobile contre son corps durant quelques secondes, avant de la faire glisser jusqu'à son sexe.

Le roi des arbres

Durant trois heures, Avner et Sévastianos avaient grimpé les collines de Galilée d'un pas soutenu. Le moine, un colosse, semblait intarissable :

— Ici, tu as un tilleul. Arbre facile à tailler, au parfum délicat. Mais attention, son bois est aimé des insectes. Si tu écris ton icône sur du tilleul, elle sera vite dévorée.

Il montra du doigt un cyprès :

— Symbole de vie éternelle ! Il n'y a pas de bois plus dur. Question conservation, le meilleur. Côté senteur, une merveille ! Celle de l'encens, tu te rends compte ? Comble de chance, les insectes ne l'aiment pas ! Là, tu as un pin. Il se déforme très vite, oublie-le. Ce noyer serait plus intéressant. À la fois résistant et facile à travailler.

Soudain, il s'immobilisa et écarta les bras, le visage rayonnant :

— Le cèdre… Pour nos icônes, le roi des arbres. Déjà, sa majesté. Immense, noble… Et dès que tu commences à le travailler, il dégage un parfum… divin ! En plus, il est tendre. Le roi des arbres, te dis-je ! Sa coupe doit être faite en janvier, lorsqu'il est dans une sorte d'hibernation.

Il se mit à rire :

— L'arbre dort, on en profite ! Sa sève est alors à son niveau le plus bas, les moisissures et les insectes se tiennent tranquilles, il sèche vite… Si tu abats en janvier, tu commences le rabot en été. Anastase m'a dit que tu viendras m'aider. C'est bien. L'abattage nécessite une grande force. Pour cliver l'arbre, il vaut mieux être deux. Après, le façonnage des planches, c'est rien.

— Je viendrai t'aider de tout mon cœur, dit Avner, si Anastase veut de moi pour la suite.

— Quelle suite ?

— Écrire une icône. Jusqu'au bout.

Mansour le marchand

Au retour des cuisines, Avner se rendit à l'atelier. Il y trouva Anastase en compagnie d'une espèce de géant à peau sombre qu'il n'avait jamais croisé au monastère.

— Aujourd'hui, je ne peux pas m'occuper de toi, dit Anastase, j'ai de la visite.

Haut de six pieds au moins, vêtu d'une galabiyah bleue, ascétique, l'homme intimidait. Qui es-tu ? semblait-il demander à Avner. Que cherches-tu ici ? En quoi me seras-tu utile ? Il avait dans le regard un mélange d'affabilité et de roublardise.

— C'est Mansour, ajouta Anastase. Parmi tous les marchands qui passent par la *Sainte-Trinité*, c'est mon préféré.

L'homme éclata de rire :

— Il dit ça pour rogner sur les prix… Dis-moi comment tu t'appelles.

Tenant contre sa poitrine l'outre de vin, Avner laissa passer quelques secondes, indécis :

— Mon nom est Avner…

Il s'arrêta, hésita :

— Je suis le fils d'Eléazar et de Bina.

Mansour hocha lentement la tête, soudain très sérieux :

— Que fais-tu dans un monastère, fils de Moïse ?

— Il nous livre le poisson et il s'intéresse aux icônes, dit Anastase.

— Un Juif ?

À nouveau, le marchand éclata de rire :

— Si tes parents apprenaient ça !

Avner ne répondit pas, pétrifié.

— Raconte à Avner ce que tu fais, dit Anastase, ça va l'intéresser.

— Je voyage avec une chamelle, un mulet et une ânesse qui sont achalandés comme trois boutiques. Je vais de Tyr à Hébron, en passant par Nazareth, Acre, Césarée, Jaffa, Jérusalem, Tibériade, Safed…

— Il m'apporte ce que je ne peux pas trouver par moi-même, intervint Anastase. Des pierres rares, de la malachite, de l'orpiment, de la feuille d'or, du bol d'Arménie…

— Des pierres ? s'étonna Avner.

— Pour obtenir de belles couleurs ! lança Mansour, éclatant à nouveau de rire.

Avner imagina les bêtes chargées d'huiles, de pierres de couleur et de feuilles d'or, parcourant les collines de Galilée, le désert de Judée, la Samarie…

— Maintenant, laisse-nous travailler, lança Anastase.

Mansour le fixa du regard :

— La prochaine fois, je te raconterai ma vie.

Il partit d'un grand éclat de rire :

— Et tu me raconteras la tienne !

Avner courut au Petit Paradis, repéra un Roi des Rois et s'efforça de le suivre du regard. Mais il en fut incapable. Le chemin sur lequel il s'était engagé lui faisait soudain très peur.

Et ce Mansour… qu'attendait-il de lui ?

Grand travail

Avner observait chaque geste d'Anastase pendant qu'il fabriquait le levkas, mélange de pierre blanche concassée et de colle liquide obtenue à base de peau de lapin qu'il appliquait par couches fines, chacune servant de support à la suivante, et ainsi de suite dix jours d'affilée, à raison d'une couche par jour, le temps qu'elle sèche.

Après avoir posé les dix couches, il trempait des tiges de prêle dans de l'eau tiède, pour les rendre à la fois abrasives et douces, et les passait avec délicatesse sur la dernière couche, achevant ainsi le travail de lissage.

— Passe ta main sur la surface, dit Anastase au terme du ponçage.

Avner n'avait rien touché de plus doux. Il sourit, pensant à ce qu'il dirait à Myriam, la prochaine fois que son père lui donnerait ordre de passer la nuit dans la pièce voisine.

— Les trois premières portes ont été franchies, dit Anastase. La planche est maintenant prête à recevoir l'or et la peinture.

Le temps de la réflexion

Désormais, Avner concassait la pierre blanche, surveillait la cuisson de la colle, étalait le levkas au pinceau, le lissait à la main… Anastase lui autorisait même le ponçage à la tige de prêle. Mais son travail s'arrêtait là. Le choix du personnage, de son vêtement, de sa posture, tout cela lui était interdit : chacun de ces détails avait une signification religieuse. Il ne s'agissait plus de technique mais de foi. Pour accéder à ces tâches, il fallait d'abord qu'il apprenne le grec, connaisse les Textes, et, surtout, qu'il ait reçu le baptême.

Il s'interrogeait. Allait-il pour autant atteindre la foi ? Rien ne le laissait prévoir. Mais s'ouvrir à Anastase de son doute aurait signifié la fin de ses rêves… En définitive, il se trouvait à nouveau dans une situation où toute remise en cause était interdite. S'il voulait toucher à ses buts, il lui faudrait tricher.

Il passa la main sur la dernière couche et partit, très perturbé.

La pêche miraculeuse

Certains jours, avant de prendre le large, Avner et son père déposaient près du rivage un filet à mailles étroites, l'occasion d'ajouter quelques sardines ou maquereaux à la pêche au gros. Ce matin, ils avaient remonté une palangre plus lourde que jamais, et au retour, c'était un banc entier de sardines qu'ils avaient trouvé dans le petit filet. Myriam et Bina en avaient fait griller une trentaine pour le repas du soir.

— Il avait la tête en l'air, aujourd'hui, notre Avner, dit Eléazar. Blessé trois fois en manipulant un hameçon…

— Il fallait se dépêcher, protesta Avner.

— C'est vrai, dit Eléazar, la pêche a été abondante. Presque un poisson à chaque ligne.

— Montre-moi tes mains, chuchota Myriam.

À trois endroits, la chair était ouverte.

Avner haussa les épaules, détacha un morceau de galette et le garnit de humus :

— On aurait dit la pêche miraculeuse.

C'était un mot qu'utilisait Thomas, lorsqu'il lui apportait un loup de très grande taille.

Eléazar leva les yeux sur lui, inquiet. D'où sortait-il cette expression ?

— Je disais ça comme ça, fit Avner.

Son père continua de le regarder durant de longues secondes, l'air méfiant.

*

— Tu y crois, à leurs histoires ? chuchota Myriam, dès qu'ils se retrouvèrent sur sa natte.

Non, bien sûr. Toutes ces histoires de miracles, de bonté, d'amour, de foi en l'homme que lui racontaient Thomas ou Anastase lui semblaient inventées pour faire autrement que les Juifs. Les Chrétiens voulaient paraître doux là où la Torah était intransigeante. Pour les icônes aussi, Avner avait le sentiment qu'Anastase exagérait. S'agissait-il vraiment d'écriture ? Ce qu'il voyait était un dessin, des personnages, des êtres réels… Mais peu importait quels mots utilisaient les moines. L'essentiel était la consolation que procuraient les icônes.

Myriam lui entoura le cou de son bras :

— Tu vas te faire baptiser ?

Il se serra contre elle et ne répondit pas. Il ne voyait pas comment il pourrait éviter le baptême. Mais, après tout, rien ne l'obligeait à se dévoiler auprès des siens. Tout au plus le dirait-il un jour à Myriam.

UN AN PLUS TARD

ACRE

Tu es Anastase

Ils avaient marché longtemps, d'abord jusqu'au rivage, au sud des remparts, puis le long du sentier ombragé qui bordait la mer en direction de Caïfa. Au fil du trajet, Avner repéra des parfums de menthe, de romarin et de camomille. Enfin ils trouvèrent une crique protégée des regards, minuscule, entourée d'arbres, où des senteurs de thym se mêlaient à celles des résines et des eucalyptus.

— Ici, dit Anastase.

Avner s'arrêta, ferma les yeux et s'emplit les poumons des arômes qui, au gré de la brise, balayaient la petite crique. Anastase l'observa, inquiet. Voilà un garçon qui, dans quelques minutes, allait recevoir le baptême. Il s'y était préparé durant une longue année, au cours de laquelle tous ses efforts visaient à s'approcher de Dieu et à acquérir la foi. N'aurait-il pas dû, à cet instant, ressentir une émotion spirituelle qui l'aurait coupé du monde ? Pourtant, à deux pas de l'eau dans laquelle il allait se présenter au Seigneur, il semblait pris tout entier d'un plaisir sensuel. Cela se voyait aux mouvements de sa poitrine, à son sourire, à sa façon de garder les yeux fermés, paupières serrées. Qu'attendait du Christ ce garçon qui continuait d'inspirer à pleins poumons ? Anastase voulut se convaincre qu'il incarnait la grâce sur Terre, que le Seigneur serait heureux de le recevoir. Alors il balaya ses réticences et se dit qu'il ferait un Chrétien éblouissant de foi.

Au même instant, le soleil disparut derrière les collines de Caïfa et la lumière se fit plus intime. Ils quittèrent leurs vêtements, ne gardant qu'un pagne, et pénétrèrent dans la mer.

Avner se réjouit de s'immerger complètement. Il le faisait souvent lorsque, avec son père, ils devaient accéder à leur barque ancrée à une vingtaine de brasses du rivage. Quelle que soit la saison, Avner en profitait pour sentir la mer l'envelopper tout entier. Elle l'aimait, il le comprenait à sa caresse, il en avait la preuve chaque jour. Ne lui offrait-elle pas ses poissons, comme le figuier sauvage offrait ses fruits et la vigne son vin ?

— Es-tu prêt ? demanda Anastase.

— Je le suis.

— As-tu choisi ton nom chrétien ?

— Je voudrais m'appeler Anastase, comme toi. Parce que je te dois tout, et parce que le mot signifie Résurrection.

— Le Seigneur t'exorcise, Satan, récita Anastase d'un ton grave, car il est venu dans ce monde et fixa sa demeure parmi les hommes pour abolir la tyrannie et délivrer le genre humain.

Avner avait lu et relu les Textes. Il les avait étudiés, commentés. Il avait été ébloui par leur intelligence, leur finesse, leur concision. Mais il n'avait pas réussi à croire à la Révélation. Pas plus à cet instant qu'une année plus tôt, lorsqu'il s'était décidé à entreprendre le rude parcours qui menait au baptême. Il avait même acquis la conviction contraire, que la résurrection du Christ n'était pas à chercher dans les circonstances, qu'elle était partout, qu'il en allait de même pour celle des hommes, qu'à chaque instant la vie recommençait, pour chacun. Là était la véritable résurrection. Pourquoi, sinon, les quatre Évangélistes divergeaient-ils sur les circonstances dans lesquelles le Christ avait quitté le royaume des morts ? Il est ici, disait Jean. Il est là, affirmait Marc. Selon Matthieu, il était ailleurs, et Luc disait autre chose encore. Si ces Textes étaient venus chargés de contradictions, n'était-ce pas pour se dévoiler ? Pour clamer leur humanité ? Avner en était convaincu, et pour cela les admirait d'autant plus. Il croyait en leur sagesse. Mais il n'y avait pas trouvé la foi. À cet instant solennel, il savait qu'il trichait.

— Sur la Croix, il triompha des puissances ennemies, poursuivit Anastase, quand le soleil s'est obscurci, que la terre a chancelé, que les tombeaux se sont ouverts et que de nombreux saints ressuscitèrent en leur corps. Par sa mort il a détruit la mort, c'est-à-dire toi-même, le Diable.

Il demanda à Avner de se tourner vers l'Occident, où meurt le soleil :

— Renonces-tu à Satan ?

— J'y renonce.

Anastase répéta la question deux fois encore, et Avner lui fit deux fois la même réponse.

— Alors tourne-toi vers l'est, là où naît le soleil, là où regardent nos églises. Te joins-tu au Christ, Notre Seigneur ?

— Je me joins à lui, dit Avner.

Un sentiment étrange l'envahit : il s'étonna de n'avoir pas honte de sa fourberie.

Anastase répéta deux fois encore la même question.

— Crois-tu en Dieu ?

Avner entama le *Πιστευω*, le *Credo*.

Je crois en un seul Dieu. Père tout-puissant,
Créateur du Ciel et de la Terre,
de toutes les choses visibles et invisibles.

Il l'avait appris par cœur et le récita sans une hésitation jusqu'au bout :

Je confesse un seul baptême pour la rémission
des péchés.

J'attends la résurrection des morts.

Et la vie du siècle à venir.

Amen.

— Maintenant je peux te baptiser, dit Anastase. Ainsi tu deviendras fils de Dieu.

Il l'aida à se plonger dans la mer, trois fois, complètement :

— Tu te noies après la première immersion, et tu te renouvelles… Et tu participes à la mort et à la résurrection du Christ, dit enfin Anastase au terme de la troisième immersion, et Avner vécut chacune des trois immersions avec le sentiment que toutes choses ne faisaient qu'une, que le plaisir ressenti à être immergé tout entier, vécu déjà mille fois, était sa manière de s'approcher du Créateur.

Ils sortirent de la mer et Anastase retira de sa robe un flacon qui contenait l'huile du saint chrême. Il en fit couler quelques gouttes sur sa paume et par un signe de la Croix l'appliqua sur le front d'Avner, puis sur ses yeux, ses narines, ses lèvres, ses oreilles, ses cheveux, sa poitrine, ses mains et la plante des pieds, répétant chaque fois les mêmes mots, le sceau du don de l'Esprit Saint :

— Tu es Anastase, mon frère en Le Seigneur.

Il porta sa main à son front, puis au bas de sa poitrine, à l'épaule droite, puis gauche, en disant :

Εις το όνομα του Πατρος
Του υιού
Και του Αγίου Πνεύματος
Αμην

Au nom du Père
Du Fils
Et du Saint-Esprit
Amen

Anastase serra Avner dans ses bras :

— Maintenant, tu es comme moi, Anastase fils de Dieu et écrivain d'icônes. Pour nous, tu seras Petit Anastase.

Un petit sifflement

— Il faudra bientôt que l'on trouve une mine d'or…

Avner se retourna. C'était Anastase, l'air moqueur. Depuis son baptême, quelques mois plus tôt, Avner en était à sa dixième icône : deux Dormitions, deux Christ sur la Croix, deux Christ de face, et quatre Mères de Dieu.

La vitesse à laquelle Avner avait appris le métier l'impressionnait. Pour ce qui touchait à la préparation, son habileté, sa résistance à l'effort, son sens de la précision, son inventivité étaient stupéfiants chez un garçon aussi jeune. Peut-être fallait-il en chercher l'explication dans son travail de pêcheur, le même que celui des apôtres, un métier difficile qui appelait ces mêmes qualités. Mais il n'y avait pas que cela ! Il y avait la foi, qui permettait à Avner de donner à l'icône toute sa profondeur. Il n'avait jamais vu une Sainte Vierge aussi éblouissante de ferveur.

Il se souvint de sa préoccupation, le jour du baptême, en voyant Avner se remplir les poumons des senteurs qu'offrait la crique avec un plaisir si grand, plutôt que d'être ému par l'instant à venir, et il sourit. Quelle erreur de jugement avait été la sienne.

Il ne savait pas que ce jour-là, au contraire, son intuition était exacte. Et qu'à cet instant, il se trompait.

Car Avner n'allait pas chercher le visage de ses personnages au fond de son cœur, comme il aurait dû le faire. Il ne se laissait guider par aucun mystère ni aucune foi. Il trichait, en particulier pour les Mère de Dieu : c'était chaque fois Myriam qu'il représentait.

— L'or attendra demain, dit sobrement Avner. Je lance la meute et je pars.

La « meute » était une vraie dent de loup, celle d'un animal que son père avait abattu, un jour qu'il s'attaquait au troupeau de Myriam. Avner en avait gardé une dent. En la passant sur la dernière couche de levkas, ses moindres bulles disparaissaient plus vite qu'avec la tige de prêle, une petite découverte dont il était très fier.

Il posa ses lèvres sur la couche d'or et alla s'étendre sous le figuier sauvage. Il fallait qu'il s'apaise. Il pensa aux paroles qu'il devait se répéter à chacune de ses retrouvailles avec une icône en cours d'écriture :

Toi,

Maître divin de tout ce qui existe,
Éclaire et dirige l'âme,
Le cœur et l'esprit de ton serviteur.
Conduis ses mains
…

Comme tout aurait été simple s'il avait eu la foi. Mais voilà, il ne croyait ni à la religion des Juifs, ni à la Résurrection, ni à l'essence divine des icônes. Il trompait son monde, et s'il lui arrivait de le regretter, très vite il se faisait une raison. Peu lui importait qu'il eût ou non la foi, il croyait en la beauté, en celle des icônes, en la consolation qu'elles offraient.

— Je croyais que tu étais rentré chez toi.

C'était Anastase, qui se trouvait derrière lui.

— Je me remets de mes émotions…

Il les aimait, ceux du monastère. Il avait pour eux de l'affection, de la gratitude. Pour Anastase, surtout, qui durant une longue année lui avait enseigné le grec et l'avait aidé à déchiffrer les

Textes. Il s'était fait une joie de les comprendre, de les lire et relire, admirant leur concision, leur maîtrise, leur habileté. Mais il n'avait jamais parlé à Anastase de l'interrogation qui lui revenait sans cesse. De qui étaient ces textes ? Il lui semblait qu'en attribuant leur beauté à Dieu, on privait l'homme de ses mérites. Les icônes non plus n'étaient pas d'essence divine. Elles étaient l'œuvre de l'homme, ce qu'il pouvait produire de plus beau, de plus intelligent, de plus parfait. Et l'homme lui-même n'était-il pas, de toutes les créatures de Dieu, la plus belle ?

Il aurait aimé représenter le baptême du Christ là où lui-même avait été baptisé, avec en arrière-fond la citadelle d'Acre. Jésus avait reçu le baptême dans les eaux du Jourdain, il le savait. Mais que disait Paul dans son Epître aux Galates ? Qu'il n'y avait plus ni Grec, ni Juif, ni esclave, ni homme libre. Chacun se retrouvait uni en Jésus… Pourquoi, dès lors, ne pas représenter son baptême partout ? Dans n'importe quelle mer, rivière ou fleuve ? Partout où chaque homme pouvait se reconnaître en lui ?

Mais voilà, proposer une telle icône à Anastase n'aurait fait que le peiner. Alors il ne dit rien. Il était heureux comme il ne l'avait jamais été, porté par la joie d'explorer la richesse du métier, d'en saisir chaque finesse, d'imaginer des astuces nouvelles. « Tu vas me dépasser », lançait en riant

Anastase, lorsque Avner lui proposait une variation de cuisson, ou des proportions différentes pour un mélange de jaune d'œuf, d'huile et de poudre, ou un broyage plus fin pour telle pierre, qui permettait d'en rendre le pigment plus lumineux.

Il pensa aux prochaines étapes de l'icône sur laquelle il travaillait, et se réjouit des joies qu'elles allaient lui offrir. Il allait poser l'or, broyer les pierres, obtenir les mélanges justes entre pigments et liants, déposer les couches de couleur, des gestes qui lui procuraient un plaisir étrange, à la fois sensuel et d'un ordre supérieur, qui lui rappelait celui qui le traversait lorsqu'il écoutait le chant des moines.

Lorsque l'icône aurait trouvé son aspect définitif, il la protégerait par un vernis et ressentirait alors, de toutes les émotions que lui procurait sa fabrication, la plus aiguë. Elle arrivait au moment où, ayant étalé le vernis chaud du flanc de la main, celui-ci refroidissait et se rétractait en émettant un sifflement délicat, à peine perceptible, comme si l'icône chantait à son oreille.

Une icône vivante

Avner transgressait chaque jour davantage. Étendu près de Myriam, il la caressait comme s'il peignait l'ovale de son visage, son nez, ses lèvres, ses yeux, son front, puis à nouveau l'ovale, le menton, et ainsi de suite, très lentement, avant de l'embrasser, lèvres écartées, et de frotter son corps contre le sien jusqu'à ce que vienne leur plaisir.

L'esprit en feu

Après avoir dégraissé des os dans un four de potier, Avner prolongea de moitié la durée de calcination qu'Anastase lui avait indiquée. Il obtint un noir d'une densité inespérée, parfaite pour le cerne de l'œil ainsi que pour les ombres entre les sourcils et les yeux. Pour la bouche et le menton, il choisit un mélange de terre verte, de noir de charbon et d'ocre jaune calciné et broyé à l'eau claire, et pour la peau du visage, un mélange d'ocre rouge et de noir de charbon, en ayant soin d'utiliser peu de liant, de façon à ce que la couleur soit aussi mate que la peau de Myriam. Sur les lèvres, la crête du nez et la partie ombragée du cou et du front, il mêla à la couleur chair un peu de cinabre et de vermillon. Pour les parties proéminentes, l'arête du nez, le haut du menton, le front, les pommettes et le milieu du cou, il opta pour un pigment couleur chair mélangé à de la céruse broyée, et choisit comme vêtement une robe d'un rouge éclatant assortie à sa coiffe qui ressortait avec majesté du fond d'or qui l'entourait. Il la marqua de plis verticaux, lui donnant ainsi de l'élévation et de la majesté.

Il avait représenté Myriam de face, tenant dans ses bras un agneau. Sur le front, au milieu de sa coiffe, était peinte une petite croix dorée aux extrémités élargies, celle du bas se terminant en pointe.

Pendant qu'il apposait les couches de couleur, le souvenir de ses caresses sur le visage de Myriam lui revenait. Il la voyait émerger sous ses yeux, de plus en plus lumineuse, couche après couche, comme si à chaque couche qu'il ajoutait, il ôtait un voile et la révélait dans toute sa rayonnante beauté.

Après avoir longtemps observé l'icône, il quitta l'atelier d'un pas lent, songeant à la couche de vernis qu'il passerait le lendemain, et à la stupéfaction de Myriam, au moment où il lui présenterait l'icône.

Dernière couche

Après avoir chauffé de la graine de lin à sec, il la pila au mortier, puis, au contact d'un fond d'eau chauffée à vif, passa la poudre au pressoir. Il lui ajouta de la gomme arabique broyée très fin et plaça le mélange sur un brasero.

Lorsque le vernis fut enfin tiède, il l'étala sur les parties colorées, et, au petit crissement, recula d'un pas. Son émotion fut si forte qu'il sentit ses yeux s'emplir de larmes.

— Tu admires ton œuvre ! dit une voix.

C'était Anastase, accompagné de Mansour.

Le regard sur l'icône, le moine resta silencieux. Il n'avait jamais rencontré iconographe aussi habité. Avoir baptisé Avner resterait l'une des grandes joies de sa vie.

Partir

À peine chez lui, Avner cacha l'icône sous sa natte. Il devrait la rapporter à l'atelier dès le lendemain, il le savait, mais d'ici là… Myriam commencerait par pousser un cri d'horreur. «Tu n'as pas honte ? Tu m'as mis une croix sur la tête ? », mais devant sa beauté ainsi révélée, sa colère allait vite disparaître. Elle se serrerait contre lui, dirait qu'il était le plus merveilleux des cousins, et sans doute lui autoriserait-elle des gestes nouveaux. Peut-être même accepterait-elle de se découvrir…

Dans la pénombre de la cuisine, sa mère le serra contre elle avec une insistance inhabituelle, comme pour le consoler. Il se détacha et vit qu'elle avait le regard triste. Myriam lui tournait le dos, occupée à surveiller les galettes qui grillaient sur le brasero. Elle se retourna brusquement et lui souffla :

— Dis que tu me veux.

Il la regarda, éberlué. Qu'entendait-elle par ces mots ?

— C'est Myriam qui a préparé les halos [1], dit Bina.

Pourquoi ? C'était toujours sa mère qui s'en chargeait… L'odeur de la viande grillée le surprit également, tout comme le nombre de plats disposés sur la nappe. Il y avait ceux de chaque vendredi, du houmous, des sardines séchées, des œufs, des pois chiches, mais aussi des plats rares, du mouton, des aubergines grillées, du blé, de la semoule… Ce n'était pourtant pas soir de fête.

Eléazar entra dans la pièce, l'outre de vin à la main :

— C'est l'heure !

Pourquoi avait-il parlé d'un ton si brusque ?

Bina alluma deux bougies, ils chantèrent Shalom Aleichem, et Eléazar récita le Kiddouch qu'il conclut ainsi : *Car c'est nous que Tu as distingués et sanctifiés d'entre tous les peuples et c'est à nous que Tu as légué, par amour, Ton saint Shabbat,* « Le'haïm », *À la vie*, des mots que chacun reprit. Il but une gorgée de vin et tendit le verre à Bina. Elle y trempa ses lèvres, Myriam et Avner l'imitèrent.

1. Les pains tressés que l'on trempe dans le sel au premier soir du Shabbat.

Avner chercha le regard de Myriam. Pourquoi était-il si hostile ?

— J'ai eu la visite d'Abraham, dit Eléazar dès qu'ils prirent place.

Abraham était un cousin de Bina qui habitait Safed, où il possédait des vignes.

— Il m'a demandé la main de Myriam pour Jacob, son fils aîné.

Avner ressentit un vertige.

— J'ai accepté. Ils se marieront dans un mois. Myriam ira vivre à Safed, où Abraham a l'une des plus belles maisons de la ville.

Bina observa son fils. Il avait l'air assommé. Myriam et lui étaient si attachés l'un à l'autre… Elle avait du reste suggéré à Eléazar de les marier, après tout, ils n'étaient que cousins. Mais Eléazar n'entendait pas changer d'avis. En mariant Myriam au fils d'Abraham, il lui garantissait une vie aisée.

Myriam regarda Avner avec dureté et se leva.

Ainsi, ce qu'elle avait voulu dire, c'était qu'il propose de l'épouser…

— Va la consoler, dit Bina en s'adressant à son fils. C'est toi qui vas lui manquer le plus.

Il se précipita dans la pièce voisine. Étendue sur le ventre, Myriam sanglotait. Avner sortit l'icône de dessous sa natte et la tendit à sa cousine :

— Regarde comme tu es belle.

Elle prit l'icône en main, la scruta et leva les yeux sur Avner :

— Pourquoi n'as-tu pas dit que tu me voulais ?

Il secoua tristement la tête :

— Tu le sais… Je veux peindre.

— Peindre ? Mais tu peins déjà !

— Je veux y consacrer ma vie.

Elle se mit à hurler :

— Allez au diable, toi et tes icônes !

Il resta debout devant Myriam, qui s'était remise à pleurer.

— Que se passe-t-il ?

C'était Eléazar.

— Qu'est-ce que c'est que ça ? s'écria-t-il en voyant l'icône.

— Que le Bon Dieu nous vienne en aide, dit Bina, c'est Myriam ! Elle a une croix sur la tête !

Eléazar se saisit de l'icône et l'observa, terrifié :

— Qui a fait ça ?

— C'est lui ! lança Myriam. Avner est devenu chrétien et va chaque jour au monastère.

Éléazar regarda son fils avec effroi :

— Dis-moi que ce n'est pas vrai !

Avner soutint son regard.

— Hors de cette maison !

D'un geste brusque, Avner lui retira l'icône des mains et partit en courant.

AN 1081

SUR LA ROUTE DE MAR SABA

Un mets du désert

Avner avait passé la nuit dans l'atelier, à même le sol. Il quittait sa mère, son père, Myriam… Il se détachait de sa religion, de son peuple. La culpabilité qu'il en ressentait était immense. Mais il n'avait d'autre option que de poursuivre la voie sur laquelle il s'était engagé.

Le lendemain matin, après le premier office, Anastase lui parla avec une gravité inhabituelle :

— Le Seigneur sait combien je voudrais te garder chez nous. Mais à Acre, ta vie serait intenable. Si tu souhaites écrire des icônes, ta place est à Mar Saba. Ton inspiration et ton talent le justifient. Il n'y a qu'un seul lieu au monde où ils en font de plus belles, mais tu n'y serais pas heureux.

Il pensait au monastère de la Sainte-Mère-de-Dieu, sur les hauteurs de Bethléem, où frère Théophile écrivait des icônes connues pour leur grande taille et leur éclat. C'était à lui que le monastère devait la Sainte-Trinité qui avait tant ébloui Avner. L'homme, un vieux Grec gros et roux, était un rustre jaloux :

— Il te rendrait la vie impossible.

Mansour, qui partait pour Nazareth où il vivait avec l'une de ses deux épouses, proposa à Avner de se joindre à lui. Lorsqu'ils passeraient par Bethléem, il pourrait connaître Théophile et le voir travailler. De là, ils se rendraient à Mar Saba.

Au moment du départ, Anastase tendit à Avner l'icône de Myriam : « Tu la montreras au frère Petros, l'higoumène de Mar Saba. Il reconnaîtra ton talent et t'accueillera avec chaleur. »

Avner et Mansour saluèrent les moines et prirent la route de Nazareth, Avner sur un mulet et Mansour sur sa chamelle. Une petite ânesse était aussi du voyage.

— Puisque nous serons ensemble durant un mois ou deux, dit Mansour, il faut que je te présente mes compagnons.

Chacune des bêtes avait un rôle précis. La chamelle, Sultana, portait ce qui touchait au quotidien : des couvertures, des nattes tissées, une casserole, de quoi boire et manger. Les produits que Mansour vendait étaient placés sur les flancs de Hodja, le mulet, à l'exception des planches, portées par Shekér, l'ânesse, à laquelle était attaché un grand sac en peau de chèvre :

— Chacun de mes compagnons a son caractère. Sultana porte sur le monde un regard dédaigneux.

Il cacha sa bouche de la main, comme s'il craignait que sa chamelle l'entende :

— En plus, d'une susceptibilité… Il vaut mieux ne pas être à portée de ses dents si elle se fâche. Hodja veut dire professeur. Tu l'auras compris, ton mulet est un sage. S'il refuse d'avancer, il faut l'écouter, il est d'une rare astuce. Avec sa grande tête, il a toujours l'air de se moquer de moi, comme si c'était entendu qu'il en saura toujours plus. Et puis, il est beau et il le sait !

Il se mit à rire. L'animal était grand et puissant, de peau noir charbon, le museau, le pourtour des yeux et le ventre décolorés, ce qui allégeait sa carrure et lui donnait des airs d'élégant.

Par comparaison aux deux autres, l'ânesse semblait minuscule.

— Elle s'appelle Shekér, qui veut dire sucre, en turc. Et tu sais pourquoi ? Parce que des trois, c'est la plus tendre. Comme personne ne la monte, elle se sent délaissée, alors si de temps à autre tu lui montres de l'affection, elle t'en sera reconnaissante.

Il s'approcha de l'ânesse et lui embrassa le museau :

— Tu les connaîtras mieux à mesure de notre périple, et tu t'attacheras à eux. Ils partagent trois traits que l'on trouve peu chez les hommes. Ils devinent ce que tu souhaites, ils sont d'une rare force, et ils font preuve d'une fidélité sans faille.

Ils montèrent leurs bêtes et, durant une heure, Mansour raconta Sultana, Hodja et Shekér. Chacun avait ses faiblesses. Lorsque Sultana était repue et n'avait besoin ni de manger ni de boire pendant des semaines, elle regardait les deux autres se nourrir avec une morgue qu'elle ne cherchait pas à dissimuler. Hodja était têtu, et Shekér boudait lorsqu'on ne la flattait pas assez. Mais ces trois-là s'aimaient, il le voyait, et lui-même les aimait profondément :

— Regarde ma Sultana avancer. Elle est d'une grâce merveilleuse. Et les deux autres, n'ont-ils pas l'air distingué ? Je leur marque mon respect à chaque occasion, comme si c'étaient eux les patrons ! (Il éclata de rire.) Tu verras que très vite, tu les chériras. Mais traite-les toujours avec respect. L'amitié ne fait pas bon ménage avec la familiarité.

Avner le regarda, curieux. Que voulait-il dire ?

— Je vois que tu interroges le bon sens de mes propos, c'est bon signe. (À nouveau, il éclata de rire.) Tu te demandes avec qui on peut se laisser aller à de petites désinvoltures, s'offrir un peu d'impertinence, si ce n'est avec ses amis ? Avec personne, Petit Anastase ! La distance est mère de toutes les sagesses. Colle ton nez à un arbre.

Que vois-tu de lui ? Un bout d'écorce. Recule de dix pas et tu le découvriras dans toute sa beauté. Colle-toi à quelqu'un. Qu'arrives-tu à discerner ? Peu de chose. Tu connaîtras ses odeurs (il éclata encore de rire), voilà tout. Comment l'aideras-tu, le jour où il se trouvera dans le besoin ? C'est la distance qui te permettra de le comprendre et d'agir avec sagesse. Et puis (il eut un instant d'hésitation) la distance a sa noblesse. Un jour, nous en discuterons.

Cinq heures plus tard, ils s'arrêtèrent au bord d'une rivière où ils firent boire leurs bêtes. Mansour sortit quelques figues d'une besace, décrocha du flanc de Shekér l'outre en peau de chèvre qui contenait le lait de Sultana, et installa un petit brasero. Avner le regarda placer les fruits sur le feu. Mansour l'observait du coin de l'œil :

— Ce que je fais t'étonne, n'est-ce pas ? Quand je voyage, j'ai toujours quelques figues fraîches avec moi. Au fil des jours, elles se flétrissent, mais si tu les grilles, elles acquièrent une saveur particulière, qui mêle le goût très sucré du fruit à l'amertume de sa peau brûlée. Ajoute une lampée de lait de chamelle caillé, et tu obtiendras un mélange d'une rare saveur.

Il fit couler un peu de lait caillé dans un bol, piqua l'une des figues d'une brindille et la tendit à Avner :

— Goûte !

Avner plongea la figue dans le lait caillé, en mordit une moitié et ferma les yeux. L'aigreur du lait créait un contraste délicieux avec la douceur de la figue grillée, à laquelle se mêlait l'amertume de sa peau noircie. Le mélange était déroutant.

— Alors ? demanda Mansour.

— Divin, répondit Avner.

— Un mets du désert, dit Mansour. Chaque jour je trais le lait de Sultana et le place dans l'outre. Au contact de la peau de chèvre, il se caille. Entre figues et lait caillé, tu peux tenir deux mois. Et faire tes besoins ne te sera jamais pénible !

Il regarda Avner, remarqua sa surprise et éclata de rire.

Sois fou

Mansour avait deux filles, Afifa et Akila, la chaste et la sage. Elles étaient d'une si grande beauté qu'Avner n'osait les regarder que par coups d'œil. Afifa devait avoir treize ans, Akila un an de moins. Assises face à lui, silencieuses, elles gardaient les yeux baissés. Toutes deux avaient la tête couverte, et cela faisait ressortir la délicatesse de leurs traits.

Seul Mansour parlait, quelques mots de-ci de-là, pour raconter ce qui amenait Avner chez eux. Aïcha, sa femme de Nazareth, se levait sans cesse pour les servir de galettes ou de boulettes d'agneau grillé, et sa forte claudication ajoutait à l'impression qu'elle donnait d'être très vieille. À leur arrivée, Mansour avait eu pour elle les gestes d'un fils respectueux, et Avner avait cru qu'il s'agissait de sa mère.

Après le repas, Mansour invita Avner à le suivre dans la cour, où ils prirent place sur deux souches d'arbre. Aïcha leur apporta de la confiture d'orange amère, et Mansour dégusta sa portion en silence, très lentement, avec le même soin qu'il apportait à tout ce qu'il faisait. Lorsqu'il eut terminé, il se tourna vers Avner :

— Alors, Petit Anastase, qu'en dis-tu ?

— Elle me rappelle celle que fait le frère Thomas à base de figues sauvages.

Mansour éclata de rire :

— J'en étais sûr ! Et tu sais pourquoi ?

Un sourire éclaira le visage d'Avner. La confiture de Thomas était faite de figues entières, et celle d'Aïcha de gros quartiers d'écorce roulée. Ce qui rapprochait les deux confitures était la présence du fruit sauvage sous la dent. Lorsque la pointe d'amertume perçait la douceur du sirop, cela rendait la confiture irrésistible.

— Ma famille t'a surpris, n'est-ce pas ? reprit Mansour.

Il éclata de rire :

— Je sais ce que tu en as pensé. Mes filles sont très belles et ma femme pourrait être ma mère.

Avner resta silencieux.

— Il y a une quinzaine d'années, j'exerçais déjà le métier de marchand et passais souvent par des revendeurs locaux, soit pour ne pas allonger mes voyages, soit parce que ces revendeurs avaient des relations privilégiées avec tel ou tel monastère. Cela me permettait d'acheter de la marchandise en plus grande quantité et d'obtenir de meilleurs prix. C'était vrai surtout pour les feuilles d'or que j'achetais à un orfèvre grec de Jérusalem. Ici, à Nazareth, je les laissais en consigne chez un marchand juif, un certain Moussa Bey, homme droit qui me payait à mesure de ses ventes. Voilà qu'un jour, à mon arrivée, il se couvre le visage de ses mains. Des soldats fatimides avaient pillé sa maison. «J'ai trois filles, me dit-il. Choisis celle que tu veux.» Il me savait marié, cela ne le dérangeait pas : «Tu t'occuperas bien d'elle. Et puis ta loi t'autorise quatre épouses. Viens ce soir au repas, tu les verras et tu choisiras.» Sa proposition me toucha infiniment. Que sont quelques grammes d'or, en comparaison du trésor qu'est un enfant aux yeux de son père ?

Le soir venu, je fis leur connaissance. Les cadettes avaient quatorze et quinze ans. Quant à l'aînée, issue d'un premier lit, elle était âgée de vingt-cinq ans au moins et boitait beaucoup. Alors que les plus jeunes, très belles, pouvaient prétendre à des unions de haut rang, l'aînée semblait résignée à s'occuper de son père. Durant le repas, j'avais été charmé par la gaieté des deux cadettes. Mais je fus touché par le regard de la grande, empreint de gravité, qui donnait à son visage un air noble, et, surtout, très bon. Sans doute, m'étais-je dit, qu'à cause de sa claudication, personne n'avait voulu d'elle. Peut-être aussi que son désir d'être une bonne fille l'avait décidée à ne pas se marier. J'aurais pu choisir l'une des plus jeunes. En des circonstances normales, je n'aurais jamais pu prétendre à une épouse d'une telle beauté. Mais j'avais été touché par la dignité de Moussa Bey, et je tenais à me montrer à la hauteur de son humanité. Lorsque le repas prit fin, je m'approchai de lui et annonçai que je choisissais Aïcha, qui alors s'appelait Sarah. C'est plus tard qu'elle a pris un prénom musulman, lorsqu'elle s'est convertie pour m'épouser. Très ému, Moussa Bey me dit : « Grâce à toi, Sarah connaîtra un homme et fondera une famille. En la choisissant, tu me combles plus que je ne pouvais rêver. » J'ai eu en retour la plus douce, la plus compréhensive des femmes. Elle m'a donné les plus belles filles qui soient, et à chacun de mes départs, elle me souhaite de vivre mille bonheurs, sachant qu'à Jérusalem, je tiendrais une autre femme dans mes bras. Si, au lieu d'Aïcha, j'avais choisi l'une des cadettes, tu imagines ma vie ?

Il se mit à mimer : « Ooooh, Mansouuuur, mon chériiiii, tu repars déjà… ? Tu vas chez l'autre… ? Reeeeste, s'il te plaît… » (Il éclata de rire.) J'aurais vécu l'enfer !

— Que dois-je comprendre ? demanda Avner.

— L'or que les Fatimides avaient volé n'était rien, reprit Mansour, soudain grave, en comparaison du cadeau que me faisait Moussa Bey, de m'offrir l'une de ses filles. À mon tour, je tenais à le remercier au-delà de ce qu'il attendait en retour. Quand tu offres, sois fou. Imagine que tu es en train de remplir un verre de vin. Tu verses le vin jusqu'à ce que le verre soit presque plein. Le remplir au-delà serait idiot, es-tu d'accord ? Eh bien, quand tu fais un don, il faut que le verre déborde. Quel serait ton mérite, d'avoir fait ton devoir ? Elle est horrible, cette expression, j'ai fait mon devoir.

Avner le regarda, l'air méfiant :

— C'est mal de faire son devoir ?

— C'est se donner bonne conscience. Si tu veux offrir, ne le fais pas en mesquin. Il vaut mieux ne rien donner. Ce sera plus digne que de te réfugier derrière ces mots misérables : j'ai fait mon devoir.

Avner pensa à ses parents, à Myriam, qu'il avait quittés si brusquement, et eut le cœur serré. Bien sûr, faire plus que son devoir était une belle chose. Mais il se pouvait aussi que l'on fasse moins que son dû. Avait-il seulement fait le sien, en s'enfuyant ?

— Je suis très triste quand je pense à ceux que j'ai laissés à Acre. Eux le sont aussi, sans doute. Que puis-je reprocher à mon père ? De m'avoir enseigné les Lois ? Et à ma mère ? De s'être perdue à me peler des grains de raisin, pour qu'ils me soient plus doux en bouche ? Et à Myriam ? Dois-je lui en vouloir de m'avoir trop aimé ?

— Cette tristesse ne te quittera jamais, répondit Mansour. Mais tu peux espérer que la joie d'écrire des icônes te la rendra supportable. Pense à ce qu'aurait été ta vie si tu n'avais pas pris une telle décision. En choisissant la voie monastique, tu as été audacieux, et de cette audace, tu auras à payer le prix : vivre avec les blessures que tu as infligées aux tiens.

Il éclata de rire :

— Si l'audace ne coûtait rien, cela se saurait !

Prier

Le soleil était déjà brûlant lorsqu'ils quittèrent Nazareth, et l'ascension rude des collines de Galilée en direction de la mer, comme Mansour appelait le lac de Tibériade, ne poussait pas à la conversation. Durant trois heures, aucun d'eux ne dit mot.

Vers midi, Mansour regarda le ciel, arrêta sa monture et dit :

— *Dhohr.*

Sultana s'agenouilla, il sortit une natte d'un des sacs accrochés à sa selle et l'étendit sur le sol, ajustant son orientation avec soin. Puis il déboucha une outre, se mouilla les mains, épousseta ses habits et se mit à prier.

Avner resta sur sa mule et attendit.

— J'ai une deuxième natte, dit Mansour lorsqu'il se redressa. Tu devrais prier, toi aussi ! Ça te ferait du bien.

Il éclata de rire. Avner le regarda, surpris :

— J'ai quitté les Juifs pour les Orthodoxes. Tu veux me convertir à l'Islam ?

— Tu peux parler à Dieu dans la langue de ton choix. Araméen, grec, hébreu, arabe… Il les connaît toutes ! Sais-tu ce qu'est le propos de la prière, chez nous ? Elle est là pour t'aider à purifier ton cœur par le repentir et à tendre ton âme vers Dieu. Tu orientes ta natte en direction du Lieu Saint, la Kâba, et tu baisses la tête autant que tu peux, par humilité. Dieu prendra soin de te rendre heureux si tu te repens de tes fautes et cherches à faire le bien.

Il grimpa sur Sultana, la fit se lever, et ils se remirent en route.

— Á mon avis, le Tout-Puissant doit se douter que tu n'es pas musulman. S'il te voit joindre ta prière à celle des autres, que va-t-il penser ? Sans doute que tu n'es pas enfermé avec les tiens comme dans une forteresse. Prier avec un Musulman si tu es juif, prier avec un Chrétien si tu es musulman, ce sont des actes de fraternité. Je suis sûr qu'ils plaisent au Tout-Puissant. Il se dira : voilà un homme de paix.

Ces mots apaisèrent Avner. Malgré tout, il s'interrogea. Juifs, Chrétiens et Musulmans pouvaient-ils se joindre dans la prière en un même lieu ? Au même moment ? Leurs gestes, leurs mots, leurs chants n'étaient pas les mêmes… N'en résulterait-il pas une gigantesque cacophonie ? Pourtant, s'il n'y avait qu'un seul Créateur, ce sur quoi chacun s'accordait, tous les hommes devraient pouvoir s'adresser à lui d'un même élan… Cela relevait du simple bon sens.

— C'est ta religion qui dit ça ? demanda-t-il à Mansour.

Une fois de plus, celui-ci éclata de rire :

— Elle le dit sans le dire.

Lorsqu'ils virent les eaux du lac que Mansour appelait mer, Avner remarqua que son compagnon avait les yeux en larmes.

— Ça t'étonne, de me voir si ému, n'est-ce pas ? C'est vrai, je suis musulman. Et pourtant… Chaque fois qu'apparaissent les eaux bénies de la mer de Galilée, si chères au Christ et aux siens, je sens les larmes me monter aux yeux. Cette mer est l'œuvre du Seigneur. Le Christ est son fils. Et moi, ne le suis-je pas aussi ? Et toi ?

Ils poursuivirent leur route en silence. Trois heures plus tard, alors que l'après-midi touchait à sa fin, ils arrivèrent sur les rives du lac de Tibériade. Mansour descendit le premier de sa monture et dit : « Asr. » C'était le nom de la prière d'après-midi. Il sortit deux nattes et les disposa avec soin. Avner descendit de sa monture, Mansour lui mouilla les mains, et tous deux s'agenouillèrent pour prier.

La Sainte Trinité

À Magdala, ils s'arrêtèrent au monastère de Saint-Bartholomée, où Mansour montra l'icône d'Avner aux moines. Ils s'extasièrent devant tant de beauté, au point que, durant le temps qui séparait le repas du dernier office, l'higoumène du monastère, le frère Paul, s'approcha d'Avner et ne fit pas grand mystère de ses intentions :

— Ta représentation de la Mère de Dieu a bouleversé frère Eugène, notre iconographe. « Je n'ai jamais rien vu de plus inspirant », m'a-t-il dit.

Il regarda longuement Avner dans les yeux :

— On t'appelle Petit Anastase, pourtant tu es grand, par la foi éblouissante qui jaillit de ton icône et par ton savoir-faire. Reste à Saint-Bartholomée, tu t'y sentiras chez toi. À Mar Saba, ils sont plus de mille.

Avner répondit qu'il était très honoré. Mais il ne voulait pas quitter Mansour. Il éprouvait à son égard une admiration qu'il n'avait ressentie pour aucune autre personne, une gratitude, aussi. Mansour se souciait de lui à chaque instant, et malgré son jeune âge, lui parlait toujours avec respect. Il lui racontait des épisodes de sa vie et le conseillait, par sa connaissance des hommes. Voyager en sa compagnie était la plus belle des aventures.

— Ne répète ceci à personne, dit l'higoumène : je crois bien que toi, Mansour, et ta merveilleuse icône de la Mère de Dieu portant l'Agneau incarnez la Sainte Trinité.

Avner le regarda, décontenancé.

— Un Juif, un Musulman et un objet sacré du christianisme, unis en un tout indissociable, qui dit mieux ?

Il ajouta, l'air sérieux :

— Je plaisante, bien sûr. Allez, va.

La ville maudite

Mansour et Avner assistèrent au premier office et partagèrent le repas des moines, composé de haricots à l'œil noir mêlés d'oignons et de poissons grillés, en grande abondance.

— C'est à frère Nicolas que nous devons le repas du jour, dit l'higoumène, une fois le repas achevé.

Le moine avait remonté ses filets après le premier office et en était revenu chargé comme jamais :

— C'est la première fois que cela m'arrive.

— Qu'en dis-tu, Petit Anastase ? reprit Paul. Tu as été pêcheur. Est-ce fréquent ?

— Il n'est plus pêcheur, dit Mansour en riant, il écrit des icônes.

L'higoumène resta un instant silencieux, avant d'ajouter, à l'intention de Mansour :

— J'ai vu son icône. Elle dit beaucoup de choses sur ton ami.

Puis il se tourna vers Avner :

— Tu étais pêcheur de poissons. Plus tard, tu seras pêcheur d'hommes. Je te le prédis. Et je t'en charge.

Avner le regarda sans comprendre :

— Qu'entends-tu par pêcheur d'hommes ?

— Tu aideras les hommes qui croiseront ton chemin à trouver la paix.

*

Avner et Mansour saluèrent les moines et se mirent en route pour Capharnaüm, un trajet de six heures seulement.

— Tu as eu ton moment de gloire chez nos amis de Saint-Bartholomée, dit Mansour. Tu aurais pu y rester. Tous les monastères ne sont pas aussi généreux. L'higoumène de celui où nous allons aujourd'hui, Saint-Basile-le-Grand, est bien différent de frère Paul.

À quoi bon tout ce chemin pour se faire mal recevoir ? demanda Avner.

C'était une longue histoire dont il ne ressortit pas grandi, répondit Mansour. À ce jour, il ne l'avait partagée avec personne. Peut-être que ce soir, il arriverait à la raconter.

*

Capharnaüm était en ruines, vidée de ses habitants, à l'exception de quelques cabanons où logeaient des bédouins. Avner interrogea Mansour : que s'était-il passé pour que la ville se retrouve dans un tel état ?

Mansour éclata de rire :

— Tu devrais le savoir, Petit Anastase ! De nous deux, c'est toi le Chrétien.

Du temps du Christ, la ville avait mal accueilli Jésus et ses apôtres. Lui-même connaissait le mot de Jésus par cœur, pour l'avoir entendu cent fois de la bouche des moines : *Et toi, Capharnaüm, seras-tu donc élevée jusqu'au ciel ? Non, tu descendras jusqu'au séjour des morts.* La malédiction s'était vérifiée.

Après avoir passé les hauts de la ville et parcouru un long chemin, ils quittèrent leurs montures et frappèrent à une porte. Un moine leur ouvrit, reconnut Mansour et secoua la tête, l'air ennuyé :

— Tu seras mal accueilli, mon ami, prépare-toi.

Il les conduisit à l'atelier où l'un des frères était occupé à clouer des renforts au dos d'une planche. Mansour s'approcha de lui et prit en main l'icône :

— La planche date du printemps dernier, dit le moine. Jette un coup d'œil aux pièces qui sont sur la table.

Plusieurs icônes portaient des trous d'envol, ceux creusés par les larves lorsqu'elles deviennent adultes. Tous se situaient au verso de la planche. Au moins, les couches peintes, moins commodes à perforer, étaient intactes.

— Ce n'est pas le plus grave, ajouta le moine. Regarde l'icône que tu tiens en main. Que vois-tu, là, et là, et là ?

Les insectes avaient creusé des galeries. Une mauvaise manipulation, une chute, et l'icône se briserait en deux. Mansour resta muet. La présence d'insectes à l'état larvaire était indétectable… Le moine lui proposa de le mener à l'higoumène, et Mansour déclina. Il préférait réfléchir à comment réparer une telle catastrophe et revenir le lendemain, à l'heure du deuxième office.

*

Mansour et Avner descendirent jusqu'au bord de mer sans échanger un mot, s'installèrent sur la grève et firent la prière. Lorsqu'ils s'allongèrent pour la nuit, Avner demanda à Mansour pourquoi il tenait tant à retourner à Capharnaüm.

— Longtemps nous étions deux à servir Saint-Basile-le-Grand. L'autre marchand, un Juif du nom d'Isaac, était habile et connaissait le travail. Nous nous retrouvions en concurrence et c'était presque toujours lui qui avait la main haute. Je ne crois pas qu'il soudoyait. Simplement, il avait de très bons produits, de bons prix, et il savait vendre. Lorsque, à tel ou tel monastère, on m'accueillait en souriant pour me faire comprendre que je n'étais pas attendu, ce n'était pas seulement des affaires que je perdais, c'était la face. En un mot, je détestais Isaac. Un jour, voilà que nous nous retrouvons au monastère de Saint-Bartholomée, à Magdala, et Isaac me propose de nous rendre ensemble à Capharnaüm. Sans doute voulait-il se montrer amical, car il venait d'obtenir une commande importante, me laissant vendre aux moines les quelques broutilles qu'ils avaient accepté de m'acheter par amitié. Nous arrivâmes à Capharnaüm alors que le soleil brillait encore. À une centaine de pas du bord de l'eau se trouvait un endroit ombragé. Nous nous y installâmes. À l'époque je n'avais que Sultana, alors que lui voyageait avec deux ânes. À la nuit tombante, son bavardage m'était devenu insupportable et je lui dis que je préférais dormir sur la grève. « Je t'y accompagne, me dit-il, ce sous-bois est sombre, alors que la nuit est tellement belle au bord de l'eau. » Voilà qu'il me suit, s'installe à mon côté et continue de me prodiguer ses conseils sur la bonne façon de faire mon travail. Au bout d'une heure, il finit par se taire, se tourna sur le côté et s'endormit. J'attendis de l'entendre ronfler, me levai avec précaution et allai détacher ses deux ânes. À son réveil, découvrant que les bêtes avaient disparu, il devint comme fou, se mit à hurler, à pleurer, à courir le long de la grève, à gauche, à droite, en direction de la ville… Il avait déchargé sa marchandise, elle était intacte. Mais qu'en faire sans animal pour la transporter ? Sous le coup de l'émotion et de la colère, voilà que le pauvre homme s'effondre et meurt. On transporte son corps à Tibériade, où on l'enterre le jour même. Je propose de ramener sa marchandise auprès des siens, tente de tout charger sur Sultana et constate que c'est impossible. Je me mets à la recherche d'un âne, achète celui d'un aubergiste, et prends la route qui longe le lac jusqu'à Tibériade. L'âne, c'est Shekér. À Tibériade, je trouve facilement la famille d'Isaac et rapporte sa marchandise à sa veuve, qui avait pour nom Rebecca. Voilà qu'elle me remercie mille fois de ma gentillesse et de mon dévouement… Honteux jusqu'à la moelle, je lui propose de lui racheter ce que j'avais rapporté, et d'autres marchandises, s'il y en avait. Une misérable tentative de me donner bonne conscience… Elle accepte. Je la quitte et me mets à errer, incapable de reprendre le dessus. Après avoir rôdé pendant dix jours dans le désert de Judée, je me retrouve devant la porte de Mar Saba. C'était Sultana qui m'y avait emmené. Je te l'ai dit, il n'y a pas amitié plus pure que celle de nos bêtes. Elle avait compris mon désarroi, savait où je pourrais trouver un apaisement et m'y conduisit de son propre chef. Oui, vraiment, les animaux sont des créatures de Dieu qui gardent en elles toute la pureté de l'Esprit Saint. L'homme aussi est la créature de Dieu. Mais une bête qui accapare et manipule pour sa propre gloire, tu ne la trouveras jamais. Tandis que nous… Pardonne cette amertume, je reviens à mon histoire. Petros, l'higoumène, me connaissait comme un homme jovial. Il comprit que je vivais un drame et me suggéra de m'ouvrir à lui. Bien sûr, j'acceptai. « Passe la nuit chez nous, me dit-il, après m'avoir longuement écouté, nous reprendrons cette discussion après l'office du matin. » Le lendemain, il me demanda comment je me sentais. Je lui répondis que d'avoir partagé ma faute m'avait quelque peu apaisé. « C'est ce que j'attendais, me dit Petros. Mais ce chagrin va t'accompagner toute ta vie. Pourtant tu dois poursuivre ton chemin sur Terre avec sérénité. Veux-tu savoir comment ? Il faut que tu te décharges plus encore de ton fardeau. » Il avait laissé quelques instants de silence s'écouler, avant de me dire ces mots terrifiants : « Retourne chez Rebecca. Et raconte-lui tout. » J'avais protesté. Ce qu'il me demandait était au-dessus de mes forces. « Pas au-dessus, m'avait-il répondu. À leur limite. C'est le prix à payer pour soulager ta honte. Parle-lui sans cacher ni ton méfait, ni les motifs de ta colère. Ta honte ne disparaîtra pas entièrement, mais elle te deviendra supportable. » Je retournai à Tibériade. Lorsque Rebecca me vit sur le seuil de sa porte, elle s'approcha de moi et me serra dans ses bras. Je me laissai faire, puis, avec autant de respect que je pus mettre dans mon geste, l'éloignai de moi : « Ce que je dois te raconter va te faire de la peine. Pourtant je marche depuis cinq jours pour te voir et t'ouvrir mon cœur de toutes les horreurs qu'il contient. » Elle me proposa de m'asseoir, et, durant une heure, m'écouta sans broncher ni se laisser dominer par son émotion. Lorsque je terminai mon récit, elle se leva, me prit par le bras et me fit comprendre que je devais me lever : « Tu t'es montré courageux de venir ici, me dit-elle. Mais ne me demande pas de te pardonner. Pars. » Voilà pourquoi je tiens à revenir à Capharnaüm. Je ne dois pas oublier.

Ainsi, se dit Avner, ils avaient l'un et l'autre une raison de se sentir coupables. Il prit la main de Mansour dans la sienne et ils restèrent longtemps sans parler, à contempler le ciel étoilé.

*

Le lendemain, ils retournèrent au monastère, où Mansour remboursa le lot de planches avariées et refusa d'en vendre de nouvelles :

— Je ne reviendrai plus ici.

Avoir raconté son histoire à Avner l'avait apaisé. Retourner à Capharnaüm pour faire pénitence lui était désormais inutile.

Une coque de noix sur une mer démontée

De Capharnaüm, ils se rendirent à Caïfa, et de là, longèrent la côte en direction de Jaffa, une route longue et sèche. Ils en avaient encore pour deux jours avant d'arriver au monastère de Saint-Jean-Chrysostome, sur les hauts de Césarée.

— Et de l'amour, que sais-tu ? demanda soudain Mansour.

Avner se tourna vers lui : de quel amour parlait-il ?

— De celui qu'un homme éprouve pour une femme et qu'il exprime par des gestes et des mots. As-tu jamais éprouvé de tels sentiments ? Es-tu allé jusqu'à posséder une femme ?

Avner resta quelques instants silencieux. Fallait-il qu'il parle de Myriam ? De leurs tendresses ? Du plaisir qui le secouait, lorsqu'il se déversait sur elle ? Bien sûr que oui, conclut-il. Comment ne pas s'ouvrir à celui qui lui témoignait une telle confiance ? Alors il lui raconta comment leur affection d'enfants s'était transformée en tendresse et décrivit leurs gestes, ceux qu'ils osaient et ceux qu'ils s'interdisaient.

— À Césarée, dit Mansour, Yasmina offre du plaisir aux hommes.

Ces mots troublèrent Avner. De quels hommes s'agissait-il ? Mansour l'éclaira.

Ils continuèrent leur chemin en silence, jusqu'au coucher du soleil. À Dor, ils s'installèrent sur la grève. La nuit était d'une extraordinaire clarté. Ils récitèrent la cinquième prière, l'Icha, que désormais Avner connaissait par cœur, se restaurèrent et s'étendirent.

— Tu vois, Petit Anastase, la vérité est dans le ciel. C'est à lui que je m'en remets pour retrouver mon chemin lorsque je me perds dans le désert. J'observe ses étoiles et leurs positions me guident. Mais il n'y a pas que le désert où l'on risque de se perdre. Il y a les passions. Ce sont elles qui guident les hommes, pas la raison. Sais-tu ce qu'est une passion ?

Avner secoua la tête.

— C'est une mer démontée sur laquelle la plus grande intelligence n'est qu'une coque de noix. Le Bon Dieu a donné aux hommes les passions pour qu'ils se perdent et les étoiles pour les guider. S'il ne voulait pas que les hommes goûtent aux passions, leur aurait-il donné les étoiles ? Et de toutes les passions, celles du corps sont les plus violentes et les plus belles, les plus proches de l'œuvre de Dieu. Voilà pourquoi tu dois te réjouir de connaître Yasmina.

Ils s'arrêtèrent près du port, devant l'une des belles maisons de pierre ocre qui tournaient le dos à la mer.

— Reste sur ta monture, dit Mansour.

Il fit s'agenouiller Sultana, déchargea un sac de sa selle, et frappa à une porte sur laquelle était cloué un tissu écarlate. La porte s'ouvrit, Mansour se glissa à l'intérieur de la maison et en ressortit quelques instants plus tard :

— Elle t'attendra à la nuit tombée.

Ce que le destin te réserve

— Yasmina t'attend, dit Zübeyde, les yeux baissés.

La servante était une adolescente haute de taille, au nez busqué et aux grandes lèvres charnues. Vêtue d'une tunique blanche qui la couvrait des épaules aux chevilles, elle était pieds nus.

La maison, d'une seule pièce, était éclairée de petites lampes posées sur des tapis de soie aux motifs arabesques. Des tentures de lin habillaient les murs, et le plafond, voûté, était peint couleur bleu nuit. Des résines d'encens, de myrrhe et d'ambre fumaient dans des soucoupes de terre cuite et dégageaient une odeur entêtante.

Étendue à l'arrière de la pièce sur un monticule de coussins, le visage tourné vers la porte, une jeune femme se leva et s'approcha d'Avner :

— Je suis Yasmina

Elle portait une galabiya de soie bleu nuit assortie à la couleur du plafond, et des babouches brodées d'or. Des bracelets d'argent garnis de clochettes garnissaient ses chevilles :

— Ton ami m'a dit que tu étais beau, ajouta Yasmina, mais je ne pensais pas que l'on pouvait l'être autant.

— Je n'ai jamais vu une personne blonde comme toi, balbutia Avner.

Ses yeux, surtout, l'émerveillaient. Ils étaient d'un bleu si pâle qu'on les aurait dits presque blancs.

— Mes ancêtres venaient de Grèce, et leurs ancêtres de très loin au septentrion, là où les gens ont tous ces couleurs.

Elle approcha son visage de celui d'Avner :

— Sens.

Elle s'était enduit le front et le cou d'un onguent fait d'huiles de santal, de jasmin et d'épices.

Il frôla son visage de ses lèvres :

— C'est divin…

— Et maintenant, sens mes seins.

Avner s'approcha de sa poitrine et ferma les yeux. Son parfum était le kyphi, un mélange capiteux de jus de raisin, de vin, de miel, de myrrhe, de safran et de genièvre.

— Installe-toi sur ces coussins. Zübeyde va nous servir du thé et des douceurs.

La servante déposa un plateau en argent ciselé sur lequel se trouvaient deux petits verres, ainsi que des assiettes en terre cuite garnies de confitures de rose, de raisin, de figues sauvages et d'orange amère. Chacune était munie de deux minuscules cuillères d'argent au manche garni d'une perle rose, comme Avner n'en avait jamais vu.

Après qu'ils eurent goûté au thé et aux confitures, Yasmina lui caressa les cheveux :

— Mansour m'a laissé entendre que tu as déjà connu mille émotions.

Sa voix était douce, elle semblait prête à l'écouter la nuit entière.

Avner se raconta. Lorsqu'il eût terminé, elle se pencha vers lui et l'embrassa sur la commissure des lèvres :

— Dieu seul sait ce que le destin réserve à un être aussi exceptionnel… Une voie royale, sans doute. C'est-à-dire mille exils. Réjouis-toi. Comment vivre heureux sans connaître l'exil ? Ce sont ses duretés qui t'apprennent à comprendre les hommes et à les aimer.

À nouveau, elle l'embrassa sur la commissure des lèvres :

— Maintenant, c'est moi qui vais te raconter ma vie.

Elle se leva, imitée par Zübeyde, qui tenait en main un tambourin orné de cymbalettes. Elles se placèrent l'une près de l'autre, face à lui. Au rythme lent de son tambourin, Zübeyde se mit à chanter une mélopée triste et tendre :

Dere geliyor dere,
yalelel yaleli
Kumunu sere sere,
yalelel yaleli
……

Yasmina caressa la joue de Zübeyde, qui arrêta son chant.

— Elle raconte l'histoire d'un amour perdu. Elle la chante en turc, la langue de son père :

Le fleuve déborde,
Et répand le sable
Emporte-moi,
Mon fleuve,
Là où se trouve
Mon bien-aimé !

À nouveau elle caressa la joue de Zübeyde, et celle-ci reprit son chant. Lorsqu'elle s'arrêta, Yasmina la regarda de façon appuyée, lui dit quelques mots, sans doute en turc, puis se tourna vers Avner :

— Petit Anastase, c'est en dansant que je vais te raconter ma vie.

Au rythme du tambourin, Zübeyde entama un nouveau chant, plus langoureux encore que le précédent :

Dokunma dokunma
Kırılır
Kalbim dokunma
Kırma, kırma, seven kalbimi
....

Ne le touche pas, ne le touche pas,
Il est fragile,
Ne touche pas mon cœur,
Ne brise pas mon cœur amoureux

Au moment où Zübeyde entama une deuxième strophe, Yasmina décrocha sa galabiya et se retrouva nue, à l'exception d'un pagne de soie rouge vif qui lui ceignait les hanches et de ses bracelets aux chevilles. Elle écarta les bras et resta immobile, à deux pas d'Avner, comme pour lui permettre de découvrir son corps.

Avner se sentit perdu. Son regard allait des seins de Yasmina, lourds, majestueux, poudrés de cramoisi, à son ventre, à son bas-ventre, dont il percevait la toison blonde à travers la soie du pagne, à ses cuisses, à son cou, à ses yeux, enfin, sur lesquels il arrêta son regard.

Au premier battement du tambourin, Yasmina eut un déhanchement qui fit tinter les clochettes qu'elle portait aux chevilles, puis un autre, suivi de mouvements du ventre, du buste et des épaules, tantôt saccadés, tantôt lents et fluides. À ses ondulations du ventre succédaient des mouvements circulaires du bassin, de plus en plus rythmés, qui se transformèrent en tremblements, d'abord des hanches, puis des épaules, dont on aurait dit qu'elles étaient dissociées du reste de son corps. Enfin, elle se mit à secouer sa poitrine, par mouvements esquissés, très langoureux, le dos penché en arrière, avant de se redresser et de reprendre ses ondulations du bassin.

Lorsque Zübeyde s'arrêta de chanter, Yasmina s'approcha d'Avner, l'embrassa sur les lèvres et lui ôta sa galabiya. Puis elle se défit de son pagne, s'étendit sur lui, l'aida à la pénétrer et reprit les ondulations de sa danse, jusqu'à ce qu'il atteigne le plaisir.

Zübeyde s'accroupit à leur côté et leur murmura plusieurs chansons, Yasmina lui caressa à nouveau la joue, et elle s'éloigna, laissant Yasmina reprendre Avner dans ses bras, pour qu'il ait à nouveau du plaisir et s'endorme.

À l'aube, il ouvrit les yeux et vit la servante effleurer des lèvres celles de Yasmina. Lorsqu'elle le vit réveillé, elle s'assit à côté de lui et embrassa le téton droit, longuement, comme si elle voulait en boire le lait.

Nourrir les autres

Après qu'ils eurent récité la prière du Dhohr, Mansour resta prostré, le dos secoué de soubresauts. Avner lui caressa les cheveux. Quel était le motif de son chagrin ?

— Un grand chagrin adouci par un bonheur nouveau, dit Mansour en se relevant, une histoire douloureuse… Je te la raconterai ce soir, après la prière de la nuit.

Ils prirent le chemin du monastère de Saint-Jean-Chrysostome, et, durant une heure, aucun d'eux ne dit un mot. Avner essayait de deviner. Yasmina était-elle sa fille ? Il avait parlé d'elle avec tant d'affection… Sa maison était d'une telle opulence… Ils n'avaient pas la même couleur de peau, mais cela arrivait souvent. Oui, Yasmina était sa fille, et il était pris de remords de lui avoir conduit Avner.

Au monastère de Saint-Jean-Chrysostome, ils déchargèrent leur marchandise, et au terme des tractations habituelles, prirent la route pour Jaffa.

À la nuit tombée, ils s'arrêtèrent au bord de l'eau, firent leurs ablutions et récitèrent l'Icha. Puis ils déplièrent leurs nattes et s'étendirent.

— Qu'est-ce qui te rendait si triste, ce matin ?

— Je pensais à mon fils, mort il y a deux ans.

Le drame avait eu lieu au crépuscule d'une journée brûlante. Mansour se rendait à Mar Saba en compagnie d'Ibrahim, le seul enfant qu'il avait eu d'Ilham, sa femme de Jérusalem. Alors qu'ils s'installaient pour la nuit, il perçut un frottement, puis un autre, et encore un troisième. Il ne leur prêta pas attention, pensant que les trois petits bruits étaient ceux des marchandises que son fils déchargeait. Une seconde plus tard, il entendit un cri. Son fils venait d'être mordu par une vipère-scie. Le serpent était là, sous ses yeux, brun-rouge et tacheté de noir sur le dos, long de deux coudées au plus. Le serpent était connu pour ses sauts, qu'il faisait à une vitesse stupéfiante, gueule grande ouverte, n'hésitant pas à cracher tout son venin. Dans le désert, les cobras étaient nombreux, eux aussi. Mais face au danger, ils attaquaient plutôt en frappant de leur tête, ou en mordant, économisant leur venin. La vipère-scie était moins regardante.

Mansour avait compris de suite le déroulement du drame. Un rongeur s'était approché de son fils. Sans doute que celui-ci, alerté par le bruit du petit animal, l'avait chassé d'un coup de pied. C'était là le deuxième bruit. Ce que son fils ne pouvait pas savoir, c'est qu'un serpent poursuivait le rongeur. Au geste d'Ibrahim, le reptile s'était senti menacé et l'avait frappé, après avoir émis son petit frottement caractéristique. C'était le troisième bruit, que Mansour aurait reconnu parmi cent. C'est pour cela qu'on l'appelait le serpent-scie. Au moment d'attaquer, il frottait ses écailles les unes contre les autres, et cela produisait un petit crépitement que les gens du désert connaissent bien. Dans de telles situations, il fallait ne pas bouger d'un pouce. Au geste brusque d'Ibrahim, le serpent l'avait mordu à la veine. Mansour savait que dans les cinq minutes, le cœur de son fils cesserait de battre. Il s'était agenouillé à son côté, lui avait caressé les cheveux et murmuré combien il l'aimait, combien il avait été chanceux de l'avoir pour fils.

— Depuis que nos chemins se sont croisés, Petit Anastase, ta présence me rappelle celle d'Ibrahim.

— Je lui ressemble ?

— Quand il est mort, il avait ton âge. Je m'étais promis, au voyage suivant, de lui faire connaître le plaisir chez Yasmina. Le destin en a voulu autrement. Depuis, je viens la voir à chaque passage. Je lui offre des cadeaux, et bien sûr je ne demande rien en échange.

Il s'interrompit quelques instants, avant de reprendre d'un ton plus absent :

— Rien n'arrête une vie. Pas même la mort. Elle se prolonge toujours dans d'autres vies, depuis que Dieu nous a créés. La vie d'Ibrahim se poursuit à travers la tienne.

Avner posa la tête sur les genoux de Mansour, et celui-ci lui caressa longuement les cheveux :

— Pendant que je parlais à mon fils, le serpent se tenait à quelques pas, occupé à ingurgiter le rongeur. Dans de tels instants, rien ne peut le distraire de sa proie. Il la mange avec une lenteur étonnante pour un animal si rapide. J'aurais pu saisir le grand bâton en bois de cyprès qui ne quitte pas la selle de Sultana et lui fracasser le crâne. Mais je résistai à mon envie de vengeance, et chaque jour je remercie Dieu de m'avoir donné la force de ne pas tuer l'animal. Sans doute est-ce pour me récompenser que le Seigneur t'a mis sur ma route.

Le grand Théophile

— Tu vas découvrir deux mondes très différents, dit Mansour, alors qu'ils remontaient Duwar al-Mahid, le Mur de la Nativité qui menait aux hauts de Bethléem. À la Sainte-Mère-de-Dieu, ils ne sont qu'une douzaine. Un seul est iconographe, l'immense Théophile, alors que Mar-Saba en compte une vingtaine qui écrivent des icônes. Mais aucun d'eux ne se distingue du lot. Un frère Joachim, peut-être... Tu jugeras par toi-même. Théophile, c'est autre chose. Sa réputation s'étend à toute la Palestine et ses œuvres se trouvent dans les plus belles églises, de Constantinople à Jérusalem. Le Patriarcat en possède cinq, toutes de grande taille. Mais prépare-toi (il se mit à rire), le frère est aussi impressionnant que ses icônes.

Ils quittèrent leurs montures et Mansour frappa à une minuscule porte d'entrée. Ce fut l'higoumène lui-même, frère Eustache, qui les accueillit, un homme âgé et frêle :

— Mon frère Mansour, c'est le Seigneur qui t'envoie ! Après-demain, je quitte mes fonctions. Il était temps, avant que le Seigneur ne me rappelle ! Je suis devenu comme un vieux héron qui tient à peine sur ses pattes. C'est frère Jacques, du monastère de Saints-Pierre-et-Paul, de Jaffa, que nous accueillons pour me succéder. Le bon patriarche Sophrone viendra de Jérusalem bénir la cérémonie. La passation aura lieu après-demain. Resterez-vous ?

Mansour l'assura qu'ils participeraient à la fête et sortit de son sac l'icône d'Avner. Eustache l'observa longuement. Qui était ce jeune homme capable d'écrire une telle merveille ?

— Un ami aussi cher que peut l'être un ami, répondit Mansour.

— Mène-le chez Théophile, ça l'intéressera plus que d'écouter un vieillard…

À l'atelier du monastère, Théophile se tenait dos à la porte, occupé à lisser une planche. Lorsqu'il quitta son siège et se retourna, Avner prit peur. Le moine était un géant roux dont les sourcils remontaient jusqu'au milieu du front.

— Mansour, mon frère, s'exclama Théophile d'une voix tonitruante, dans mes bras !

Il étreignit Mansour à l'étouffer, puis se tourna vers Avner :

— Et toi, mon garçon, qui es-tu ?

— Un apprenti iconographe que j'accompagne à Mar Saba, dit Mansour.

Théophile entoura du bras les épaules d'Avner, et, le bousculant presque, l'amena devant un chevalet sur lequel était posée une icône de deux coudées de haut sur une de large :

— Saint Jacques ! Pour fêter l'higoumène nouveau. Qu'en dis-tu ?

Il l'avait représenté de face, jusqu'à la taille. À l'exception de son image, toute la surface de l'icône était recouverte d'or. Le halo de son auréole, marqué par un fin cercle brun, annonçait la sainteté. La lumière éclairait son visage par la verticale et indiquait que l'Esprit lui venait du Père.

— Je t'explique mon travail, dit Théophile. Écoute bien ! J'ai choisi pour le saint un vêtement ample, couleur écarlate, dont le drapé dit la puissance, par ses lignes de force ascendantes. S'il a les yeux grands ouverts et les sourcils froncés, c'est pour indiquer qu'il est là, pour toi, pour nous tous, d'une attention extrême. Ses oreilles, dégagées de sa chevelure, le révèlent tout entier à l'écoute de la parole divine. Sa bouche, stricte, petite, exclut toute avidité et rappelle que le retour vers Dieu s'initie par un jeûne. Son nez, long et mince, souligne sa noblesse. Le front, large et haut, est symbole d'une pensée forte. Et si ses mains tiennent un rouleau, c'est qu'il incarne la Parole.

Sur la partie dorée, il avait écrit « O Agios », le saint, à gauche de l'auréole, et en vis-à-vis, à droite, « Iakovos Adelphotheos », Jacques frère de Dieu.

L'icône exultait de puissance. Seule manquait la couche de vernis, pour lui donner son éclat ultime.

Avner recula d'un pas, comme s'il avait reçu un choc. Dans le souci de ne pas voir le garçon écrasé par le caractère tonitruant de Théophile et la force de son œuvre, Mansour posa le bras sur son épaule :

— Et ça, qu'en dis-tu ? C'est de notre jeune ami.

Théophile prit en main l'icône et en observa chaque détail, sans dire un mot. Enfin, il se tourna vers Avner, le regard inquisiteur :

— C'est de ta main ?

— Guidée par celle du Seigneur.

Théophile reprit son examen. Il regarda l'icône de haut et, après l'avoir effleurée avec délicatesse, l'éleva à hauteur de ses yeux, comme s'il voulait en découvrir les différentes couches. Il resta ainsi quelques instants, puis abaissa l'icône, la caressa de nouveau et se tourna vers Avner :

— Qui a posé le vernis ?

— Je l'ai préparé et je l'ai posé, répondit le garçon.

Théophile continuait de le regarder avec sévérité.

— Je fais des vernis gras à base de gomme arabique et d'huile de lin, reprit Avner. Je chauffe les graines de lin à sec avant de les piler au mortier, puis je les jette dans un fond d'eau que je laisse chauffer.

— Chauffer comment ?

— À vif. Je passe le tout au pressoir, y ajoute de la gomme arabique broyée très fine et place le tout sur le feu.

— Et ensuite ?

— Je verse et je l'étale du flanc de la main, jusqu'à l'écoute du petit sifflement.

Théophile hocha la tête à plusieurs reprises :

— Tu as remarqué que l'icône de saint Jacques n'est pas vernie.

— Bien sûr, répondit Avner. Je pense que la dernière couche de peinture date d'hier soir.

Théophile regarda Mansour :

— Demain matin, je préparerai le vernis en compagnie de ton jeune ami.

*

Le lendemain matin, alors qu'Avner assistait à l'office de trois heures et demie, plusieurs frères quittèrent l'église de façon précipitée. D'autres allaient et venaient, l'air effrayé.

L'un des moines s'approcha d'Avner :

— Ton ami a quelque chose d'important à t'annoncer.

Mansour l'attendait dans la cour. Frère Théophile avait été découvert inerte sur sa couche, terrassé par une attaque.

L'higoumène les rejoignit. La veille au soir, Théophile lui avait raconté avec admiration leur rencontre, en particulier l'épisode durant lequel le garçon avait détaillé la technique qu'il suivait pour préparer son vernis :

— Il n'y a que toi qui puisses achever son chef-d'œuvre à temps pour l'arrivée du patriarche.

Avner se tourna vers Mansour, apeuré.

— Saisis l'occasion, lui dit celui-ci. Elle est exceptionnelle.

Avner se rendit à l'atelier, posa l'icône à plat et l'observa longuement. Puis, durant une heure, il enchaîna les étapes de la fabrication du vernis avec une maîtrise de chaque instant. Enfin, il plaça le vernis sur le feu et s'étira.

La fatigue du voyage, l'importance de la tâche, la tension, tout cela l'avait épuisé. Mais il était heureux comme jamais, serein, aussi, sachant par avance que Mansour serait fier de lui.

Alors qu'il avait le regard tourné vers la cour, il crut rêver. Ce papillon qui était entré dans l'atelier et virevoltait devant lui, s'éloignait, revenait… Il le reconnaissait ! C'était le Roi des Rois ! Depuis son départ d'Acre, il n'en avait croisé aucun. Nul doute que celui-ci était venu lui dire combien il était fier du petit Avner qui avait grandi, au point de se substituer au plus grand iconographe de toute la Palestine ! De le suppléer dans la tâche la plus glorieuse, la plus lumineuse de l'écriture : la pose du vernis...

Le destin lui souriait.

Subjugué par la grâce de l'animal, Avner le suivit dans la cour et le regarda virevolter, jusqu'à ce qu'il disparaisse. Lorsqu'il retourna à l'atelier, la cuisson était terminée et, du flanc de la main, il étala le vernis sur les parties colorées.

*

Vers midi, il proposa à Mansour de l'accompagner à l'atelier, afin de vérifier que le séchage du vernis se poursuivait à satisfaction. Lorsqu'ils approchèrent de l'icône, Avner dut s'accrocher au bras de Mansour. À de nombreux endroits, la couche picturale de l'icône avait craqué. Ailleurs, elle était boursouflée, poisseuse. Le vernis s'était liquéfié et, goutte après goutte, avait traversé toutes les couches de peinture. Seule la partie recouverte de feuilles d'or, là où le vernis n'avait pas été posé, était intacte. L'icône était irrécupérable.

Avner éclata en sanglots.

— Tu l'as surcuit, dit Mansour lorsque enfin Avner cessa de sangloter. C'est typique.

Le garçon écarquilla les yeux.

— Tu le sais mieux que moi, reprit Mansour, il y a deux façons de surcuire… Si tu cuis trop chaud, l'huile dégage de la fumée. C'est un signal d'alerte. Est-ce ce qui s'est passé ?

Avner fit non de la tête. Il l'aurait remarqué. La cuisson s'était donc déroulée à la bonne température mais durant trop longtemps. Sur le moment, l'apparence du vernis restait la même. L'erreur n'était détectable qu'au séchage.

— Est-ce que tu t'es oublié ?

À nouveau, Avner dut s'accrocher au bras de Mansour. Lorsque le Roi des Rois s'était montré, il avait perdu la notion du temps.

Ils se rendirent chez l'higoumène. À l'écoute de ce que lui raconta Mansour, le vieil homme eut les yeux pleins de larmes.

— Nous te demandons pardon, dit Mansour. Et nous allons partir, car nous ne méritons pas ton hospitalité.

Mais avant cela, ils allaient se rendre dans la cellule de Théophile. Il fallait qu'Avner lui-même raconte au frère ce qui s'était passé et lui demande pardon.

— Est-ce nécessaire d'accabler le pauvre garçon ? demanda Eustache.

Mansour lui répondit que c'était indispensable, pour lui, pour Avner, et pour la paix de tous. Ce désastre ne devait être caché aux yeux de personne.

— Je n'y arriverai pas, dit Avner.

— Tu le feras, répliqua Mansour.

Paralysé sur son lit, Théophile les regardait, les yeux écarquillés. Avner lui raconta sa préparation du vernis, conforme en tous points aux règles, l'épisode du Roi des Rois, son orgueil, son blasphème d'y avoir vu un signe, et enfin le spectacle de l'icône ravagée.

Lorsqu'il eut terminé son récit, il voulut s'approcher de Théophile pour lui baiser le dos de la main, en signe de soumission. Mais il n'en eut pas le temps. Au même instant, Théophile se raidit, poussa un râle et mourut.

Les yeux ouverts

Leur voyage se terminait. Le lendemain matin, Avner frapperait à la porte de Mar Saba, Mansour le serrerait dans ses bras, et ils se sépareraient pour longtemps.

Mansour avait proposé qu'ils passent le dernier soir de leur périple aux alentours de Beït Sahour, là où Ibrahim avait été mordu par le serpent. Ainsi, lorsqu'il s'arrêterait à cet endroit, ce qu'il ne manquait jamais de faire à chacun de ses passages, sa tristesse serait mêlée de douceur.

— Quand te reverrai-je ? demanda Avner.

Il ne le savait pas. À sa prochaine visite, il s'arrangerait pour manquer de marchandises, et cela l'obligerait à retourner sans que les moines y trouvent à redire. Il leur proposerait aussi de tester certains pigments, ce qui lui permettrait de prolonger son séjour.

À Beït Sahour, alors qu'ils n'avaient pas terminé de décharger leurs bêtes, Avner s'assit, pris par l'angoisse :

— Je ne suis pas prêt.

Mansour secoua lentement la tête :

— Tu maîtrises ton travail d'iconographe, tu le sais. C'est par orgueil que tu as chuté. Tu t'es cru béni du destin parce qu'un papillon a virevolté devant toi. Te rends-tu compte de ta suffisance ?

À Acre, son maître s'émerveillait de ses progrès, comme un parent admire les pas de son enfant. Il en irait autrement à Mar Saba, où il serait un parmi d'autres :

— Tu susciteras des jalousies, c'est certain. Prépare-toi à vivre des situations inconfortables.

Ils dînèrent en silence, prièrent, et restèrent longtemps les yeux ouverts.

AN 1090

DIX ANS PLUS TARD
MONASTÈRE DE MAR-SABA

Dis-lui d'être prudent

C'était une tradition. Chaque troisième jour de février, Syméon, le patriarche de Jérusalem, venait à Mar Saba célébrer sa fête. Le point d'orgue de la journée avait lieu peu avant son départ, lorsqu'il se rendait à l'atelier choisir une icône parmi les plus belles que les moines avaient écrites au cours de l'année écoulée.

Chacun voulait l'apercevoir, l'approcher, le frôler, tous rêvaient de lui baiser le dos de la main, au point que lui et son entourage peinaient à se faufiler entre les moines. Dans les couloirs, les allées, le long des escaliers qui menaient aux grottes, ils se pressaient par centaines. Pour les iconographes du monastère, sa visite était le jour le plus important de l'année, l'occasion de se distinguer aux yeux de ses collègues et de l'higoumène.

— Mesures-tu l'émulation qu'apporte ta présence ? demanda Petros, l'higoumène, alors qu'ils approchaient de l'atelier.

— Venir chez toi, m'approprier la plus belle des icônes et repartir avec elle est le plus grand bonheur qui soit, répondit Syméon.

À l'intérieur de l'atelier, les dix-neuf iconographes du monastère s'étaient regroupés au fond de la grande pièce, où dix-neuf icônes avaient été placées sur chevalet, à intervalles réguliers.

Avner était inquiet. Les deux années précédentes, c'était son icône que le patriarche avait choisie. Savait-il qu'il s'agissait du même auteur ? Les icônes n'étaient jamais signées… Mais ses collègues, eux, l'avaient à l'œil. Si une fois encore le patriarche choisissait son icône, sa situation au sein de l'atelier deviendrait intenable. Pourtant, rien ne lui importait plus que d'être choisi… Alors il usa d'un stratagème qui aurait rendu son rejet prévisible, et, dans le cas contraire, sa gloire immense. De toutes les icônes exposées, la sienne était la seule à ne pas être recouverte d'or, à l'exception de l'auréole du Christ, marquée par un fin cercle. Le reste du fond était un bleu ciel exceptionnel d'éclat et de profondeur, qu'il avait obtenu grâce à une pierre trouvée sur les hauteurs de Mar Saba, et qu'il avait appelé Bleu divin.

Sa découverte était due au hasard. Un jour qu'il remontait en direction de Bethléem, un reflet jaillit d'un rocher, qui le frappa par sa brillance. Il s'approcha de la pierre et constata qu'elle contenait des cristaux bleutés. Il en détacha quelques fragments et, à son retour à l'atelier, pulvérisa l'un d'eux avant de le mélanger à de l'huile de lin. La teinte obtenue sur une couche de levkas l'avait laissé sans voix. Au contact de l'huile, le bleu avait pris une tonalité puissante. En ajoutant à l'huile de lin quelques gouttes d'huile de noix, le résultat fut encore plus lumineux. Le bleu ciel ainsi obtenu compensait l'absence d'or, tant par son miroitement que par l'effet de surprise qu'il provoquait.

Le patriarche salua de la main les iconographes et jeta un premier coup d'œil circulaire aux dix-neuf planches :

— Comme chaque année, avec l'aide du Seigneur, vous vous surpassez. Et vous me mettez dans une position impossible ! N'avez-vous pas honte ?

Il sourit à l'higoumène :

— La réputation de Mar Saba n'est pas surfaite.

— Tous nos frères ici présents sont portés par une foi éblouissante. Et maintenant…

L'higoumène eut un geste circulaire :

— À toi de choisir !

— Tu me soumets à la plus délicieuse de toutes les tortures, dit le patriarche.

Il se tourna vers le premier chevalet. Il portait une Nativité. Le patriarche l'examina durant une longue minute, hocha la tête d'un air approbateur, fit deux pas et se retrouva devant une Transfiguration. Il s'y arrêta durant le même temps que pour l'icône précédente, hocha la tête de la même manière admirative, et passa à la suivante, une représentation de Marie et de Jésus, marquée, sur la gauche, *Mi mou aptou*, en caractères grecs, *Ne me touche pas*, les mots du Christ à Marie-Madeleine dans les instants qui suivirent sa résurrection. Icône après icône, le patriarche examina chaque planche d'une même manière. Il n'y eut qu'une exception à ce qui n'était qu'une chorégraphie. Elle se produisit lorsqu'il s'arrêta devant l'icône d'Avner, une Résurrection, marquée dans sa partie haute, sur fond bleu ciel, *I Anastasi*, en caractères grecs, *La Résurrection*. On y voyait Jésus debout, vêtu de blanc, le corps campé, s'appuyant solidement sur ses deux pieds dénudés, et extirpant à bout de bras Adam et Ève des Enfers. C'était un Jésus magnifique, le regard fixe et fort, le corps athlétique, qui frappait par sa puissance et sa détermination. Son auréole, à peine un filet d'or sur fond bleu ciel, lui donnait une allure d'homme et créait avec le spectateur une émouvante fraternité. Ainsi, Dieu incarné était bel et bien l'un des leurs. Syméon resta moins longtemps devant l'icône, hocha à peine la tête, et poursuivit sa visite.

Lorsqu'il eut terminé d'examiner les dix-neuf icônes, il s'arrêta, l'air troublé. Dans l'atelier, le silence se fit tendu. Après un moment de réflexion, il revint sur ses pas et s'arrêta devant l'œuvre d'Avner :

— Je choisis celle-ci.

À l'instant où il prononça ces mots, tous les visages se tournèrent vers Avner. On n'y lisait aucune trace de bienveillance.

— Elle ne suit pas à la lettre les canons de notre Église, reprit le patriarche. Mais enfin, elle est particulière et son Christ est d'une rare puissance. Je la conserverai dans un lieu où moi seul pourrai la vénérer.

Lorsqu'ils quittèrent l'atelier, il chuchota à l'oreille de Petros :

— Je devine qui en est l'auteur.

L'higoumène fit une moue :

— Pour la troisième année consécutive, tu as choisi l'icône du même frère, tu le sais.

— Notre Seigneur l'a doté d'un grand talent, et sa représentation de la Résurrection est exceptionnelle. L'un des miens part bientôt pour

Constantinople dessiner des fresques à l'église du Saint-Sauveur. Je lui dirai de s'en inspirer. Même si elle manque d'austérité. Quant à ton iconographe, dis-lui d'être prudent.

Désir

— Petit Anastase… Je suis content de te voir seul à seul.

Avner resta silencieux, les yeux baissés, et Petros put le regarder à loisir. De sa vie il n'avait vu garçon plus beau. Grand de taille, mince, athlétique… Comme il aurait voulu être aimé de lui, serré par lui. Et cette grâce, qui marquait chacun de ses mouvements… ce port, ces traits, ces yeux, qu'il aurait voulu embrasser, ces lèvres qu'il aurait tant aimé mordre… Ce garçon savait-il combien il était désiré ?

— Je suis sûr que l'attitude des frères ne t'a pas échappé. Lorsque le patriarche est retourné devant ta *Résurrection*, leurs expressions m'ont inquiété. Ton icône est une pure merveille, et je comprends son choix. Mais à t'éloigner ainsi des canons de l'Église, tu joues avec le feu. Tes transgressions approchent du blasphème.

— J'en suis conscient, dit Avner.

— Pourquoi avons-nous choisi de venir ici, à Mar Saba, en plein désert de Judée, sinon pour nous éloigner de la tentation ? Ton Christ n'est pas celui qu'il devrait être… Il est sculpté ! Trop humain ! Trop athlétique ! Trop beau, en un mot. Oui, trop beau ! T'en rends-tu compte ? Le patriarche m'a mis en garde à ton sujet !

Il fut un temps où l'Eglise détruisait ses icônes. Toutes ses icônes ! Il y avait de cela des siècles, bien sûr. Mais rien ne garantissait que de tels excès ne se reproduiraient plus. Avner savait-il combien de fois il avait dû se porter à son secours, depuis qu'il avait commencé à prendre des libertés avec les canons ?

Avner resta muet.

Petros le regarda, l'air défait. Pourquoi ce garçon ne laissait-il pas entrevoir le moindre espoir ? Lui-même n'était pas laid… Plusieurs des moines auraient pu attester ses qualités d'amant, à commencer par Joachim, iconographe de talent, lui aussi.

Avner leva les yeux, comprit son désir, et la perspective d'y donner suite le révulsa. Alors il demanda pardon de ses errements, et, sans donner à l'higoumène le temps d'argumenter, quitta sa cellule.

Vengeance

Ils étaient quatre, l'air hostile.

— Tu ne nous as pas donné la bonne roche. Ton Bleu divin est un désastre.

Occupé à gratter une planche, Avner leva les yeux et chercha un regard serein. Il n'en trouva aucun. Chacun des moines avait en main une icône dont le fond était d'un bleu grisâtre.

— Tu nous as bernés, lança l'un des frères.

Il y eut un murmure d'approbation. Maintenant, tout l'atelier l'entourait. Avner demanda à chacun des quatre iconographes de préciser les mélanges auxquels ils avaient procédé pour le liant : quelle quantité d'œuf ? Combien d'huile de lin ? Quelle température avaient-ils choisie pour la cuisson ? Pour quelle durée ?

Pour la roche, il n'avait pas triché. Mais pour le reste… À eux d'affronter l'échec, comme il l'avait fait avant de trouver le bon équilibre entre poudre de pigment et huile de lin, avant de comprendre jusqu'où poursuivre la cuisson. Surtout, il ne leur avait pas livré le secret de la touche finale : quelques gouttes d'huile de noix mélangées à l'huile de lin.

— Tu nous prends pour des débutants ! lança l'un des frères en s'approchant d'Avner, l'air menaçant.

— Tu n'es qu'un gredin, cria un autre.

— Le patriarche lui fait les yeux doux, alors il se sent protégé, murmura une voix.

Avner les regarda sans broncher, et ils finirent par se disperser. Mais leur agressivité ne s'éteignit pas pour autant. Plus tard, à l'office, ils furent plusieurs à le bousculer en le croisant, comme s'ils ne l'avaient pas vu.

Lorsqu'il retourna à sa grotte, il constata que l'on avait saccagé le panneau d'entrée, un assemblage de branches d'olivier et de cyprès reliées à l'aide de cordes et consolidé par une double couche de torchis. Il ramassa ce qu'il en restait, le ramena à l'intérieur de la grotte, et fut saisi par une odeur nauséabonde. Les frères avaient uriné sur sa natte.

Peindre, écrire

— L'higoumène te demande, Petit Anastase. Il est à son réfectoire.

Avner ne quitta pas des yeux l'icône sur laquelle il était en train de déposer une couche de levka. Il savait ce qui l'attendait. Petros allait le renvoyer.

Il trouva l'higoumène au réfectoire en compagnie d'un moine grand de taille et maigre, aux cheveux et à la barbe blancs.

À peine franchi le seuil de la porte, il s'arrêta. Qu'avait cet homme à lui sourire ?

— Alors, fit l'higoumène, tu ne reconnais plus ton maître ?

Avner dévisagea le moine durant quelques secondes, avant de laisser éclater sa joie :

— Adelphémou Anàstasi ! Mon frère Anastase !

Ils s'étreignirent.

— Tu ne m'as pas reconnu !

Le moine aux cheveux de jais s'était métamorphosé en vieillard famélique. Il le devait moins à l'âge qu'à la faim, à l'épuisement et à la terreur dans laquelle il avait vécu depuis le saccage de son monastère.

— Mansour était là, il y a un mois, dit Avner. Il m'a raconté, pour les Fatimides. Comment va Thomas ? Et Sevastianos ?

Anastase lui caressa la joue :

— Ils sont entrés dans la Maison du Père. Il m'a épargné. Il a veillé sur toi aussi… L'higoumène m'a raconté tes succès ! Sais-tu combien je suis impatient de voir tes icônes ?

Un silence gêné s'installa. Petros lui a parlé de mes errements, se dit Avner.

— Tu veux bien me montrer tes œuvres ?

— Tu risques d'être mécontent…

Il le conduisit à l'atelier et s'arrêta devant une icône posée sur chevalet :

— Voici mon travail en cours et – il se tourna vers le mur – voici quelques icônes parmi celles que j'ai écrites les trois dernières années.

Dix-sept planches étaient accrochées en quatre rangs. Anastase les examina en silence :

— J'imagine que les plus anciennes sont celles du haut ?

Avner acquiesça. Intrigués par la présence d'Anastase, plusieurs moines arrêtèrent leur travail et s'approchèrent.

Face aux icônes d'Avner, Anastase se souvint d'une scène. Avner était debout, face à la mer. Les yeux clos, le visage serein, il aspirait à pleins poumons les senteurs de thym, de résine et de tilleul qu'offrait la petite crique où, quelques instants plus tard, il devait lui donner le baptême. À cette minute précise, rien, dans l'attitude d'Avner, ne laissait filtrer la moindre émotion à teneur spirituelle, tout immergé qu'il était dans son plaisir sensuel. Une crainte l'avait alors frappé. Ce garçon était-il sincère dans son désir de baptême ? Avait-il trouvé la foi ? Il s'était efforcé de penser que oui. Le contraire lui aurait paru trop cruel.

Il comprit, à cet instant, qu'il avait nié l'évidence. Le garçon l'avait trompé.

— Je n'ai jamais vu d'icônes aussi vivantes, reprit Anastase. Aussi imaginatives… Cette expression sur le visage du Christ à l'agonie, ce mouvement du corps de l'Archange, dans ton *Annonciation*… Et ta *Sainte Trinité*… Bouleversante ! Et ce bleu ciel, que l'on retrouve sur celles du dernier rang ! Il est aussi éclatant qu'un fond d'or… Quelle beauté !

Il se tourna vers Avner, soudain grave :

— Mais ce que tu fais n'est pas conforme à nos canons, tu le sais. Nous avons une tradition d'ascèse à respecter. Les corps doivent être immobiles, les visages allongés, les regards dans l'attente. Pas dans la sollicitation. L'icône doit parler à l'âme, pas aux sens. Tu peins des êtres humains, alors que tu devrais écrire la pensée du Christ. Ce que tu fais n'est pas ce que je t'ai enseigné. Tu es dans le blasphème, Petit Anastase.

Aux hérétiques, l'Église reconnaissante

Anastase retrouva l'higoumène au réfectoire :

— J'ai vu…

— Et tu as compris mon dilemme, murmura Petros.

Quelque chose d'extraordinaire se dégageait de ces icônes. La vie même. Ce garçon rendait la beauté dans tout son éclat. Mais c'était l'œuvre d'un hérétique, et le danger était devenu trop grand. Il y avait risque de propagation. Deux frères iconographes tentaient déjà de l'imiter, y voyant sans doute une voie facile vers la notoriété. Dans leur cœur, ceux-là avaient déjà quitté l'Eglise. Petit Anastase, lui, était sincère. Il peignait plutôt qu'il n'écrivait. Mais il était urgent de ramener ses adeptes au bercail, avant que leur dérive ne fasse tache d'huile.

— Les hérétiques ont un mérite, conclut Petros en souriant. En nous obligeant à resserrer les rangs, ils assurent notre avenir.

Anastase ne dit rien, car il n'y avait rien à dire.

La révolte des iconographes

Les iconographes étaient tous là, entourant Petros. Seul manquait Avner.

— Nous souhaitons l'équité, rien de plus. Les icônes de frère Petit Anastase sont autant de blasphèmes. Il doit respecter les canons.

Celui qui venait de parler était Joachim, l'un des meilleurs à l'atelier.

— Il va attirer le malheur sur Mar Saba, lança une voix.

— Il faut le chasser ! lança une autre.

— Brûlons ses icônes, proposa l'un des moines, ce sera plus simple.

Petros leva la main en signe d'apaisement :

— À votre avis, que pense Notre Seigneur de ces icônes, Lui qui voit tout ?

Ce fut à nouveau Joachim qui prit la parole. Le devenir de Mar Saba ne dépendait pas seulement du Seigneur. Il dépendait aussi des hommes et de leurs lois. L'higoumène voulait-il voir revenir les iconoclastes ? Déclencher la destruction de toutes les icônes du monastère ?

— Tu éludes, rétorqua Petros. Un canon, établi au concile de Nicée, autorise la représentation comme une incarnation de la parole de Dieu. Peut-être Petit Anastase a-t-il des motifs d'écrire ses icônes à sa manière. L'un d'entre vous l'a-t-il interrogé ?

— Ses intentions sont blasphématoires ! fit un moine.

— Es-tu dans son cœur ? objecta Petros. Le plus juste serait de l'écouter. Ainsi ferons-nous demain. Après le repas du midi, nous nous retrouverons au réfectoire. Frère Joachim, tu présenteras les arguments de tes collègues, Petit Anastase te répondra, et je vous écouterai.

Joachim demanda la parole. Il souhaitait que l'ensemble des icônes d'Avner soit accroché aux murs du réfectoire, de manière à ce que la discussion porte sur des aspects concrets.

Petros jugea la requête légitime et l'accepta.

Dans les mots du maître

Vingt icônes d'Avner étaient accrochées aux murs du réfectoire. Dix-sept d'entre elles provenaient de l'atelier, deux autres appartenaient à l'higoumène, dont une *Sainte Trinité*. La vingtième était celle qu'Avner gardait dans sa grotte, le portrait de Myriam tenant l'agneau dans ses bras.

Anastase et Petros étaient assis, côte à côte. Devant eux, debout, se tenaient les vingt iconographes du monastère, dont dix-neuf faisaient bloc.

Avner se sentait serein. Rien de ce qu'il pourrait dire pour sa défense ne changerait quoi que ce soit à son sort, il le savait. Ses icônes seraient détruites et il devrait quitter Mar Saba. Il l'assumerait, comme il avait assumé de quitter les siens, onze ans plus tôt. Malgré la tristesse que son départ allait lui causer, il avait le sentiment réconfortant qu'il ne s'était pas trahi.

— Joachim, tu es le demandeur, dit Petros. À toi d'ouvrir le débat.

— Avant toute chose, je tiens à rendre un hommage chaleureux à notre frère Petit Anastase. Il est le plus habile d'entre nous. Le plus talentueux. Le plus créatif… Tous les iconographes ici présents ont pour son talent une estime sans réserve. Je fonde mon propre sentiment sur plusieurs des icônes accrochées ici, preuves en sont, du reste, les choix répétés de notre bien-aimé patriarche Syméon. De mémoire de frère iconographe, personne n'a connu un tel succès à Mar Saba. Pourtant, frère Petros, ce ne sont pas mes paroles que je viens soumettre à ton jugement, mais celles dont notre frère Anastase a usé à l'atelier, il y a de cela trois jours, en ma présence. Je les ai transcrites, je ne ferai que les répéter fidèlement, et pour commencer, cette remarque, qui à mes yeux résume tout : *Ce n'est pas ce que je t'ai enseigné.*

Il chercha Anastase du regard :

— Ce sont les mots que tu as adressés à frère Petit Anastase, en conclusion de ton reproche. Suis-je fidèle à ta parole ?

Anastase approuva d'un bref mouvement de tête.

— Tu as dit encore ceci (il sortit un papier) : *Nous avons une tradition d'ascèse à respecter. Les corps doivent être immobiles. Les visages allongés. Les regards dans l'attente. Pas dans la sollicitation. Tout dans l'icône doit parler à l'âme, pas aux sens…* Tu as ajouté : *Tu as peint des êtres humains, alors que tu aurais dû écrire la pensée du Christ.* Et tu as conclu par ces mots terribles : *Tu es dans le blasphème, Petit Anastase.*

— Et ton Bleu divin ? lança l'un des frères. Une couleur magnifique, que tu as mise au point par ton talent, qui est immense, chacun ici le reconnaît. Mais que tu as gardée pour toi, en artiste jaloux. Pas en Chrétien !

Il y eut des murmures d'approbation.

— Le Seigneur t'a-t-il donné le droit de nommer une couleur à son nom ?

— Encore un blasphème ! murmura un autre moine.

— Toutes les icônes ici présentes sont blasphématoires sauf une, ajouta Joachim, pointant de l'index l'icône de Myriam. De celle-ci, nous n'exigerons pas la destruction. Nous la demandons pour toutes les autres. Enfin, il faut que frère Petit Anastase respecte les canons, comme nous le faisons tous. S'il ne l'accepte pas, nous demanderons son expulsion.

Petros et Anastase se tournèrent vers Avner.

— De tout ça, nous allons débattre, fit Petros. Pour l'heure, nous t'écoutons, Petit Anastase.

Avner laissa passer un silence :

— Il y a de cela trois ou quatre ans, une interrogation lancinante commença de me ronger : fallait-il que le Ciel domine l'homme au point de l'asservir ? D'en faire sa chose ? Son esclave ? Il me paraissait plus juste qu'il le traite comme son enfant précieux. Voici donc ma réponse – ma défense, devrais-je dire – à vos accusations. Elle tient en une seule question. Célébrer la joie de vivre sur Terre, œuvre de Notre Seigneur, est-ce trahir ? Si la vie terrestre est sacrée, n'est-il pas légitime de glorifier chez l'Homme sa part de divin ? Le rôle de l'icône ne doit-il pas être de lui donner confiance, de lui rappeler combien il est beau, et ainsi le rapprocher du Seigneur, à qui il doit tout ? L'icône n'est-elle pas là pour consoler, rendre heureux, chanter les joies que nous offre la Création ? C'est le sens de mon travail et de toute ma vie. Oui, je prends des libertés vis-à-vis des canons. Mais les canons sont l'œuvre des hommes ! L'aboutissement d'un compromis. M'autoriser ces libertés, est-ce blasphémer ? Tout au contraire ! Je ne souhaite qu'une chose : *Ina doxazo ton pandodynamon Theón. Glorifier Dieu tout-puissant.* Les canons actuels ne favorisent pas les éclats de joie. Ils ne nous offrent pas ce merveilleux sentiment qui nous emporte, lorsque nous observons la nature et ses merveilles. À qui devons-nous le bonheur d'observer l'envol d'un papillon ? Au Seigneur ! Serait-ce péché de le représenter ? La seule chose que je souhaite, c'est d'écrire la joie de vivre.

Petros et Anastase se regardèrent, l'air accablé, et Avner sut qu'il avait parlé pour rien. Les frères brûleraient ses œuvres. Quant à son engagement à respecter les canons, il ne se posait plus.

— Joachim, dit soudain Petros d'une voix forte, que réponds-tu aux justifications de ton frère Petit Anastase ?

— Frère higoumène, fit Joachim, il n'a fait qu'admettre son blasphème.

Petros hocha la tête plusieurs fois, l'air pensif.

— Vous le savez, la décision d'exiger de Petit Anastase qu'il modifie sa manière d'écrire, celle de brûler ses œuvres, celle, enfin, de l'expulser, tout cela relève de ma seule autorité. Mais si la tâche première d'un higoumène est de garantir le respect de son institution, la seconde est d'assurer l'union au sein de son monastère. Il est important que la voix de chacun soit prise en compte. Nous allons donc procéder au vote. Tu peux y participer, Petit Anastase. Tu es l'un des nôtres.

Avner déclina.

— À ta guise, dit Petros. On commence.

Fallait-il qu'Avner modifie sa manière d'écrire ? Dix-huit iconographes levèrent la main.

— La question est entendue, dit Petros.

Se tournant vers Avner, il ajouta :

— Je ne pourrais pas envisager une cohabitation harmonieuse au sein de l'atelier sans que cette condition soit respectée. Je la fais donc mienne et tu devras t'y soumettre. En es-tu conscient ?

— Je l'accepte, fit Avner.

Il se savait bien incapable de respecter un tel engagement. Mais il pourrait tenir quelques semaines, le temps de réfléchir à quoi faire de sa vie et de son besoin de peindre.

Petros soumit ensuite au vote la deuxième requête des iconographes, qui portait sur la destruction des œuvres considérées comme blasphématoires.

À nouveau, ceux de l'atelier votèrent oui à l'unanimité.

Jamais, depuis trois siècles, une telle sanction n'avait été prise à Mar Saba. Anastase était désemparé. C'étaient ses mots qui avaient poussé à voter l'autodafé. Mais ce qui se passait était conforme à ses convictions. L'Église ne pouvait pas survivre si ses règles n'étaient pas respectées.

— Frère Joachim, dit Petros, c'est à toi que je m'adresse. Ce vote s'étend-il à toutes les pièces ici exposées ? Veux-tu que l'icône de la Sainte-Mère-de-Dieu soit brûlée, elle aussi ?

Elle pouvait être exclue du lot, répondit Joachim. C'était bien la preuve qu'ils n'en avaient pas à Petit Anastase, mais à ses blasphèmes.

— Et la *Sainte Trinité* ? demanda Petros. Te semble-t-elle blasphématoire au point de vouloir la détruire ? La frontière séparant le blasphème de l'interprétation du canon est ténue… Et la pièce frappe par sa majesté, sa taille aussi. Brûler la *Sainte Trinité* me semble excessif. Mais la voix de tes collègues m'importe, fit Petros. Votons sur l'exclusion de la *Sainte Trinité* du lot à brûler.

Seuls trois iconographes votèrent pour sa sauvegarde.

— Alors votons sur l'exclusion, que l'on en finisse, dit Petros avec vivacité. Qui souhaite voir Petit Anastase chassé de Mar Saba ?

Plusieurs mains se levèrent, puis se baissèrent, avant de se lever à nouveau.

Petros attendit que les bras cessent de bouger et compta. Neuf étaient pour l'exclusion et neuf s'y opposaient. Parmi eux se trouvait Joachim :

— Qu'est-ce qui explique ta soudaine bienveillance ? lui demanda Petros.

Cela créerait un grave précédent, expliqua Joachim, de la même manière que laisser l'un des leurs écrire des icônes à sa guise était dangereux. Il convenait d'éprouver un juste équilibre entre le respect des canons et l'idée qu'une incartade serait passible d'une sanction aussi féroce que l'expulsion.

— Voilà qui me paraît sage, fit Petros.

Il se tourna vers Avner :

— Petit Anastase, tu peux changer d'avis, tu as une voix, comme tout un chacun.

À nouveau, Avner déclina.

— Et toi ? demanda Petros à Anastase. Veux-tu t'exprimer ?

Anastase refusa de voter. Responsable de ce procès, il se sentait coupable. Mais il savait aussi, au plus profond de son cœur, que ce procès était nécessaire. Alors il prétexta qu'à peine arrivé à Mar Saba, il ne se sentait pas légitimé à prendre position.

— Soit, dit Petros, je vais user de mon droit de vote. Même si, je vous le rappelle, la décision m'incombe, à moi et à moi seul.

Il leva le bras et, d'une voix ferme, lança :

— Je vote contre.

Il quitta sa chaise, alla décrocher la *Sainte-Mère-de-Dieu* et la remit entre les mains d'Avner :

— Cette icône t'appartient. Les autres seront brûlées après-demain matin. Jusque-là, elles ne quitteront pas mon réfectoire.

Disparitions

Le lendemain, les iconographes s'étaient retrouvés au réfectoire, dans l'attente du signal de l'higoumène, impatients de décrocher l'une des icônes qui leur causaient tant de rage, de la jeter dans les flammes et la voir se transformer en cendres.

— On décroche ! lança Petros.

La bousculade dura quelques secondes, et en un instant, il n'y eut plus aucune icône sur le mur.

Joachim avait les mains vides.

Petros se plaça devant la porte :

— L'un d'entre vous s'est-il emparé de deux icônes ?

Les moines se regardèrent, l'air surpris. Non, bien sûr, chacun n'en avait qu'une en main.

— C'est donc que l'une d'elles a été volée pendant la nuit, fit Petros.

— La *Sainte Trinité !* s'écria l'un des moines.

— La *Sainte Trinité* a disparu ! fit un autre.

— C'est Petit Anastase ! cria un autre. Il l'a volée !

— Vous l'accusez d'un vol dont vous n'avez aucune preuve, intervint Petros.

Joachim regarda l'higoumène dans les yeux :

— Je propose que nous votions à nouveau l'expulsion.

— Je regrette que cela ait lieu dans de telles conditions. Mais je ne souhaite pas m'opposer à ta démarche.

Les iconographes votèrent à nouveau et décidèrent à l'unanimité d'expulser Avner.

— L'icône est sûrement cachée dans sa grotte, lança l'un des moines.

Ils furent six à se bousculer.

Arrivés à la grotte, ils ne trouvèrent pas la *Sainte Trinité*. Alors, dans la rage d'être venus pour rien, ils volèrent l'icône de la Sainte-Mère-de-Dieu et saccagèrent le peu qu'il y avait à saccager.

Après la dispute

Anastase s'arrêta au seuil de la grotte d'Avner et secoua la tête, accablé :

— Tout cela m'attriste infiniment.

Avner le serra dans ses bras :

— Tu as dit ce que tu pensais. Le contraire n'aurait pas été digne de toi.

Ils s'assirent en tailleur, l'un face à l'autre.

— Tu as aidé le serpent à sortir de sa coquille, dit Avner. Tu l'as élevé, nourri, éduqué. Et voilà qu'il te mord la main.

— Peu importe qu'il me morde, dit Anastase. Il m'a déjà mordu il y a longtemps. Et pourtant je ne lui en veux pas. Tu connais ces mots, n'est-ce pas : *Comme nous pardonnons à ceux qui nous ont offensés*… Tu n'as jamais eu la foi. Pas même le jour de ton baptême.

Dix ans plus tôt, lorsqu'il lui demandait de renoncer à Satan, Avner avait triché. Il s'était même conduit en fourbe tout au long de la cérémonie du baptême. Fallait-il le lui dire ?

— Croire en la Révélation m'aurait causé un grand bonheur, dit Avner. Je me serais senti entouré, soutenu, aidé par le Créateur. Mais voilà, je n'ai pas trouvé la foi. J'honore le Seigneur à ma façon, en écrivant des icônes pour chanter l'Homme, la plus grande merveille de la Création.

Au-delà du devoir

Avner aperçut Mansour au seuil de sa grotte, bondit de sa natte et courut se jeter dans ses bras. Par quel miracle était-il là ? Savait-il ce qui se préparait à Mar Saba ?

Bien sûr qu'il le savait. L'avant-veille, redoutant ce qui attendait Avner, Petros avait envoyé l'un des moines à Jérusalem. « Trouve-le et reviens avec lui », avait-il dit au moine.

À l'arrivée de Mansour, l'higoumène lui avait raconté les événements des derniers jours. Expulser Avner lui brisait le cœur. Il l'aimait infiniment. Mais il n'avait pas le choix. Sa seule consolation était qu'en le chassant, il le libérait. Avner peignait plus qu'il n'écrivait. Son talent avait besoin de liberté, et ce n'était pas à Mar Saba qu'il la trouverait.

— Où vas-tu aller ? demanda Mansour.

Avner ne le savait pas. Mais avant de partir, il avait une tâche à accomplir : remercier l'higoumène qui l'avait soutenu, souvent à l'encontre des règles de l'Église.

— Tu feras bien, lui dit Mansour. Va.

Gratitude

Dans le noir de la nuit, Avner dévala le rocher, remonta jusqu'au monastère, et alla frapper à la cellule de l'higoumène.

— Ainsi, tu es venu…

Avner le regarda, impassible :

— Ce n'est pas moi qui ai volé la *Sainte Trinité*.

— Je le sais, murmura Petros. C'est moi. Je ne souhaitais m'en séparer à aucun prix. Et mon geste a précipité ton expulsion. Me pardonneras-tu jamais ?

Avner le regarda dans les yeux. Petros lui avait donné l'occasion d'affiner son art. Il l'avait aidé à s'exprimer hors des canons en faisant fi de ses propres convictions. Il l'avait défendu, alors qu'il ne respectait pas la tradition, lui permettant de devenir l'iconographe qu'il était. Et aujourd'hui, il l'encourageait à se saisir de sa liberté, à poursuivre la voie qu'il s'était tracée, quitte à transgresser plus encore. Sa gratitude à l'égard de cet homme était immense.

Alors, il répondit à la question de Petros en allant s'étendre sur sa couche.

Autodafé

Malgré l'heure et le froid glacial, ils étaient au moins deux cents à être venus, l'esprit mauvais, impatients de voir les icônes d'Avner brûler comme des sorcières. Ils se bousculaient autour du bûcher, se hissaient sur la pointe des pieds, se contorsionnaient pour apercevoir ne serait-ce qu'un fragment d'icône avant qu'elle ne disparaisse. Ici, un *Christ en Croix*, là une *Annonciation*, là encore une *Sainte Vierge avec l'Enfant Christ*. Troublés par tant de beauté, beaucoup d'entre eux fuyaient le regard des autres, conscients qu'en assistant à l'autodafé, ils se rendaient complices d'une abomination.

Les dix-huit iconographes, eux, ne ressentaient pas ce genre de malaise. Ils avaient un compte à régler, et la perspective qu'il le soit par la disparition simultanée des œuvres et de leur auteur les mettait dans une joie féroce. Chacun s'agrippait à sa planche, impatient de la déposer sur les flammes, de voir réduit en cendres cet objet qui incarnait l'insupportable talent de celui qui avait été choisi trois années de suite par le patriarche, alors qu'il les tournait tous en ridicule. Le vice s'était faufilé au monastère, pervertissant la parole de Dieu incarnée, et il était temps de faire place nette. Ce garçon si beau et si talentueux, ce démoniaque, n'aurait plus l'occasion de leur porter ombrage.

Petros se tenait au milieu d'eux, mortifié d'avoir laissé faire les jaloux, coupable d'avoir provoqué l'expulsion de ce garçon si merveilleux, honteux aussi d'être redevable d'une inoubliable nuit d'amour à un tel désastre. Il chercha le regard d'Avner, ne le trouva pas, et pour la dernière fois voulut revoir chacune des icônes qui allaient devenir cendres. Il fit deux pas sur la gauche, et, dos aux flammes, fut frappé par la beauté de la planche que l'un des iconographes tenait devant lui à bout de bras. C'était une *Crucifixion*. Le corps du Christ était un vrai corps, celui d'un homme qui avait subi, et son regard celui d'un pauvre parmi les pauvres, d'un humilié parmi les humiliés. *Eli, Eli, lêma sabaqtani*, avait dit le Christ sur la Croix, Seigneur, Seigneur, pourquoi m'as-tu abandonné. Cette icône racontait les derniers instants de la vie terrestre du Christ mieux que toutes les Crucifixions qu'il lui avait été donné de voir.

Et voilà que pour des raisons à la fois absurdes et impératives, elle allait se transformer en cendres. Alors il n'eut pas le courage de revoir les autres icônes et donna le signal de l'autodafé. L'un après l'autre, dans l'ordre où ils avaient pris place autour du bûcher, les iconographes placèrent leur icône sur le feu. À l'instant où la première des planches fut déposée, Petros se mit à réciter le Notre Père à voix haute. Ceux qui se trouvaient près de lui l'imitèrent, et très vite on entendit tous les frères réciter en chœur :

Pater Imon
O en tis ouranis
Agiasthito to onoma sou
Eltheto i vassilia sou

Notre Père qui es aux Cieux
Que Ton nom soit sanctifié
Que Ton règne arrive

Leurs voix s'élevaient, basses et puissantes, tendres, même, et l'on aurait pensé que rien, soudain, n'était plus précieux à leurs yeux que ces icônes, et qu'elles voulaient les accompagner jusqu'au Ciel. La prière apaisait les moines, elle les unissait, et ainsi la responsabilité de chacun se perdait dans celle de tous. Ils se sentaient meilleurs, lavés de leur vilénie, absous de ce qu'ils savaient être un crime. Alors que la prière se terminait, une planche vola dans les airs, jetée par l'un des moines caché dans la foule. Sans doute voulait-il viser le bûcher, mais il manqua sa cible et l'icône atterrit aux pieds de Joachim. C'était la *Sainte-Mère-de-Dieu*, le portrait de Myriam. Joachim ramassa l'icône et la tendit à Avner. Celui-ci la regarda, s'approcha du bûcher et la plaça au milieu des flammes.

AN 1090

LE RETOUR

Un instant de vanité

Ce fut Sultana qui le vit arriver en premier. Sans se départir de sa superbe, elle se mit à blatérer très fort, et Mansour, qui tenait ses rênes, éclata de rire. Avner s'inclina devant elle, s'approcha de Shekér et lui caressa l'échine. La petite ânesse se mit à braire plus fort encore que ne blatérait Sultana.

Attaché une dizaine de pas plus loin, Hodja aperçut enfin Avner et se mit à s'agiter et à braire plus que les deux autres. Avner courut à sa rencontre, lui entoura le cou de ses bras, et, l'embrassant tant qu'il pouvait, éclata en sanglots. Le mulet se mit à bouger la tête en mouvements si brusques qu'Avner se retrouva au sol.

Mansour l'aida à se relever :

— Tu te souviens de ce que je t'avais dit ? Tu as ici tes quatre amis les plus fidèles.

*

Ils quittèrent Mar Saba, et durant deux heures ni l'un ni l'autre ne dit mot. Avner cherchait à se convaincre que son départ lui offrait la liberté. Mais de cette liberté, que pouvait-il faire ? Peindre des icônes nécessitait des moyens. Où les trouver ? Mansour, lui, avait le cœur brisé. Comment aider ce garçon qu'il aimait comme un fils et qui se retrouvait face à un impossible dilemme : être fidèle à ses choix et ne pas savoir où aller, ou se trahir et connaître le confort d'une vie monastique ?

À Beït Sahour, il regarda le ciel. Le temps de la prière de l'Adh-Dhouhr était venu. Ils descendirent de leurs bêtes, Mansour installa les nattes, et Avner retrouva sans peine les mots de la prière, ce qui lui procura un grand bien-être.

À l'instant où ils terminaient de réciter les Raka de la mi-journée, un orage éclata.

— Il y a une grotte près d'ici, dit Mansour, nous y serons bien.

Lorsqu'ils arrivèrent devant la grotte, l'orage s'était transformé en déluge. Ils quittèrent leurs montures en vitesse, Sultana dut se baisser pour entrer dans la grotte, et ils s'y réfugièrent tous les cinq. Sultana s'assit, Mansour et Avner se dépêchèrent de décharger leurs marchandises, et Mansour plaça Hodja et Shekér au fond de la grotte, de part et d'autre de la chamelle qui observait toute cette agitation de son indifférence hautaine. Avner et Mansour s'assirent à moins d'une coudée de leurs bêtes, dont ils sentaient le souffle, et cela leur permettait, de temps à autre, de caresser un museau et de susurrer quelques mots apaisants.

Mansour retira d'une sacoche du pain, des olives, des oignons et des dattes sèches.

Lorsqu'ils eurent terminé de se restaurer, Mansour parla :

— Avoir été chassé de Mar Saba est ta grande chance. Que se serait-il passé si tu étais resté au monastère jusqu'à la fin de tes jours ? Tu aurais continué de te répéter, avec une prudence tremblotante, alors que tu as encore mille choses à dévoiler de ton talent. Comment le faire éclore, si tu dois vivre dans la crainte de ne heurter personne ? Le brasier est un cadeau que t'a fait le Seigneur. À dix années d'intervalle, tu vas rebrousser le chemin qui t'a mené d'Acre à Mar Saba. L'occasion t'est offerte de réfléchir à ton passé avec une sagesse nouvelle. Avec distance. Te souviens-tu qu'au premier jour de notre voyage, nous venions alors de quitter le monastère de la Sainte-Trinité, je te parlais de distance ?

Avner hocha la tête.

— Il faut tout faire avec distance. Regarder avec distance, pour avoir une vue d'ensemble. Aimer avec distance, pour laisser l'autre s'épanouir. Se fâcher avec distance, pour ne jamais être prisonnier de sa propre colère. Je sais qu'hier, tu as passé la nuit avec l'higoumène, et cela te rend honteux. Avec le temps, tu y verras ce que j'y vois déjà, un don de toi. Tu as offert la miséricorde à Petros en donnant de ta personne. Tu l'as aidé à se sentir moins coupable d'avoir volé ta *Sainte Trinité*. Je t'admire pour ta générosité. Être généreux, c'est prendre de la distance avec ce que l'on possède.

Il s'arrêta et planta ses yeux dans ceux d'Avner :

— Il y a en revanche autre chose pour laquelle je ne t'admire pas. Un geste que tu as sans doute considéré comme glorieux, et dans lequel je vois une grande faiblesse. Pourquoi as-tu offert l'icône de la *Mère-de-Dieu* aux flammes, sinon par orgueil ? Pour montrer aux iconographes combien tu les méprises ? Lorsque tu as raté ton vernis, au monastère de la Mère-de-Dieu, la raison n'en était pas une distraction. En voyant le papillon aux ailes d'or, tu t'étais cru choisi par le destin. Là encore, c'était ton orgueil.

Il laissa passer un silence :

— Sais-tu ce que c'est qu'être orgueilleux ? C'est n'avoir aucune distance vis-à-vis de soi-même.

Ce qu'il y a de divin dans chaque être

Avner sentit deux mains se poser sur ses épaules. C'étaient celles de Jacques, l'higoumène du monastère de la Mère-de-Dieu.

— Reste quelques instants au réfectoire. Nous avons à parler.

Avner se sentit mal à l'aise. Pourquoi Mansour avait-il insisté pour qu'ils fassent étape là où Théophile était mort par sa faute ? Fallait-il qu'à un moment où déjà il se sentait perdu, Mansour lui inflige un tel rappel ?

L'higoumène prit place à son côté :

— J'imagine que les souvenirs qui te lient à notre monastère sont douloureux. Je le comprends. Et pourtant… Je te propose de rester chez nous et de prendre la direction de l'atelier. Quatre iconographes y font du bon travail, mais il leur manque un maître. Je ne mets qu'une condition à mon offre : que tu respectes les canons.

Avner déclina. Son refus n'avait aucun lien avec le vernissage raté ou la mort de Théophile. Ce qu'il souhaitait, ce n'était pas prendre moins de liberté par rapport aux canons. C'était en prendre plus. Chanter la Création à sa manière. Célébrer la vie avec l'éclat et la joie qu'elle méritait. Faire ressortir la part de divin qui se trouvait dans chaque être, plutôt que ce qu'il y avait d'humain dans le divin :

— J'ai foi en l'Homme, œuvre suprême du Seigneur. J'ai foi en toutes les beautés du Ciel et de la Terre. Et ma manière d'écrire des icônes est conforme à mon devoir de gratitude à l'égard de la vie. Mais peut-être n'ai-je pas la foi qui convient.

— La foi qui convient…, répéta l'higoumène. Je comprends.

Il se leva et posa à nouveau les mains sur les épaules d'Avner :

— Ta franchise t'honore. Mais en allant au-delà des libertés que tu t'es octroyées jusqu'ici, tu risques de déclencher de violentes colères. Sois prudent.

La Ville sainte

À l'instant où Avner aperçut la citadelle de Jérusalem, il resta figé, les yeux braqués sur les remparts.

Ainsi, allait-il connaître la Ville sainte… Celle de toutes les vénérations, de tous les sacrifices et de toutes les cruautés. À cette heure de la journée où les rayons du soleil couchant s'abîmaient sur les pierres, ils y laissaient leurs dernières forces, et cela donnait aux murs ocre de la citadelle des reflets de vieil or. Mansour le lui avait dit : « Quelle que soit l'heure du jour ou de la nuit à laquelle tu apercevras la Ville sainte, que ce soit la première fois ou la millième, tu auras le sentiment que ton cœur s'arrête. »

À qui appartenait Jérusalem ? De quelle foi était-elle le vrai berceau ? Alors qu'Avner se perdait en réflexions, Hodja, lassé d'attendre son coup de talon, se remit en route de son propre chef, et Avner, qui ne le connaissait que trop bien, ne chercha pas à le retenir.

Ils passèrent Al-Aqsa, contournèrent la ville par l'est et passaient sous la porte des Lions lorsque Mansour se mit à commenter leur parcours : Al-Mujahiddine, la rue des Guerriers, les Bains romains, la porte des Moutons, la *Via Dolorosa*…

Portefaix, marchands ambulants, Yéménites, Noirs, Juifs pieux et moines de toutes obédiences s'y bousculaient et s'interpellaient dans un brouhaha de grec, d'arabe, de latin et d'araméen. Çà et là déambulaient des soldats armés, l'air mauvais.

— Les Seldjoukides, dit Mansour. Des Turcs sunnites, connus pour leur cruauté. Ce sont eux qui ont chassé les Fatimides. Juifs et Chrétiens tremblent dès qu'ils les aperçoivent.

L'opulence de la ville frappa Avner. Toutes faites de pierres, les maisons avaient l'air de palais, et les rues, pavées, étaient soignées comme nulle part. Mais les visages semblaient tendus, la promiscuité était défiante et l'atmosphère querelleuse.

— Les gens ont l'air soucieux, dit Avner.

— Ils le sont, dit Mansour. Ils se méfient. À force d'être envahis…

Avant les Seldjoukides et les Fatimides, il y avait eu les Byzantins, puis les Umayyades, les Abbassides…

Avner se sentit mal à l'aise. Allaient-ils y rester longtemps ?

— Un jour ou deux, répondit Mansour. Je l'admets, j'ai hâte de repartir.

La raison de son impatience était le caractère acariâtre de sa femme :

— Elle prétend que je préfère courir les routes plutôt que de rester près d'elle. À ses yeux, je suis un être sans cœur qui ne lui montre aucune estime. Le temps de nous approvisionner, nous reprendrons la route pour la Galilée.

Arrivées devant une petite bâtisse de pierre ocre, les bêtes s'arrêtèrent d'elles-mêmes. Dans la cour, une femme habillée de noir s'affairait à lancer le feu d'un four à pain. À l'instant où elle aperçut Mansour et Avner, elle courut dans la maison.

— C'est Ilham, dit Mansour. Ma femme. Allons la saluer.

La maison comptait deux pièces, dont les sols, en terre battue, étaient couverts de tapis et de nattes. Ilham regarda furtivement Avner et retourna dans la cour sans dire un mot, l'air terrifié.

— Ma femme a raison lorsqu'elle se plaint de mon indifférence, dit Mansour. Je n'avais pas prévu son émotion devant un jeune homme qui lui rappelle son fils.

*

Pendant qu'Ilham servait le repas du soir, Mansour ne lui parla que par bribes. Avner remarqua qu'Ilham le regardait souvent, d'abord par coups d'œil, puis, vers la fin du repas, de manière plus insistante.

Plus tard, lorsque Mansour lui demanda ce qu'il pensait de sa maison – il entendait : de son couple –, Avner lui dit qu'il lui répondrait à sa façon.

Douceur d'un regard

Avner demanda à Mansour de lui procurer quelques planches, ainsi que les ingrédients pour les couches de préparation et les pigments. Seul manquait du vert, qu'Avner se procura au monastère de Saint-Nicodème, à deux pas de la porte des Moutons, où on l'accueillit avec gentillesse. Les planches, très sèches, nécessitaient un important travail de rabot. Il consacra le temps nécessaire à ce que leur surface soit aussi plane qu'elle pouvait l'être, ce qui lui permit de limiter les couches de préparation à six au lieu de dix. Sa technique était d'une telle maîtrise qu'à la quatrième ou cinquième déjà, le support aurait été prêt à recevoir les couleurs. Le climat très sec lui permit d'appliquer deux couches par jour.

Au cinquième jour, il commença la peinture de deux planches. Au fil des couches, la montée des couleurs se faisait si forte qu'après trois journées de travail, la lumière jaillissait déjà des icônes. Au soir du huitième jour, Avner tendit l'une à Ilham et l'autre à Mansour.

La première le représentait de face, bras droit levé, coude plié à l'équerre et poing serré, dans la position de celui qui chasse au faucon, si ce n'est que sur son poing, ce n'était pas un rapace qu'avait représenté Avner, mais un papillon aux ailes relevées, quatre ou cinq fois plus grand que nature, tout en reflets d'or et d'argent, le Roi des Rois. La tête de Mansour était revêtue d'une coiffe de soie dont les motifs concentriques d'or et d'argent reprenaient ceux des ailes du papillon. Sa galabiya était faite du même tissu, et le fond de l'icône, bleu ciel, faisait ressortir l'aspect chamarré de son vêtement et de sa coiffe.

Ce que l'image offrait de plus fort était le regard de Mansour. On y trouvait l'extraordinaire capacité d'attente des personnages représentés dans les icônes traditionnelles, à laquelle Avner avait mêlé une trace de ruse.

Ilham était de face, elle aussi, bras plié à l'équerre, et sur son poing, le même immense papillon, dont sa coiffe et son habit de soie reprenaient les motifs or et argent. Son visage était celui d'une très jeune femme, et ses yeux, fortement maquillés de noir, exprimaient l'amour ardent et offraient au spectateur une promesse de bonheur. Le fond de l'icône était bleu ciel.

Les yeux sur le portrait de Mansour, Ilham semblait incrédule. Elle avait oublié combien il y avait chez son mari de bonté, de tendresse et de jeunesse. Elle retrouvait l'homme bon et habile que ses parents lui avaient choisi vingt-cinq ans plus tôt, aussi jeune qu'avant dans sa douceur, et vieux comme maintenant dans ses traits.

Elle leva les yeux et vit que Mansour était aussi troublé qu'elle en découvrant son portrait. Elle s'approcha de lui, et lorsqu'elle vit comment Avner l'avait représentée, cela augmenta son émotion. Elle n'était plus une souillon, mais une femme attirante et digne. Elle tendit à Mansour l'icône qui le représentait. Il la regarda, puis il prit sa femme dans ses bras et ils restèrent ainsi de longues secondes, secoués de sanglots.

Lorsqu'ils se séparèrent, Mansour se tourna vers Avner :

— Ce que tu as réussi est miraculeux.

Avner le regarda sans répondre.

Cette nuit-là, il ne dormit pas. Les yeux grands ouverts et le cœur battant, il ne cessa de s'interroger. Ses deux icônes avaient apporté la paix, en un éclair. Était-ce parce qu'il connaissait Mansour et avait pour lui une affection immense ? Quelques jours plus tôt, Ilham lui était inconnue, et pourtant sa représentation avait bouleversé Mansour. « Ce que tu as réussi est miraculeux », lui avait-il dit. Serait-il capable de répéter le miracle ? De ramener la paix à des personnes qui lui étaient étrangères ? Etait-ce là le destin dont lui avait parlé le frère Paul ? À quel plus grand bonheur pouvait-il aspirer que de découvrir la beauté cachée de quelqu'un et de lui offrir son image en retour, en lui disant : «Vois comme tu es beau.»

Vie et mort du Conquérant

Mansour l'avait averti : Yasmina ne recevait plus. Et si, par miracle, elle acceptait de lui ouvrir sa porte, il aurait le cœur serré de la voir dans un tel état d'abandon. Pourquoi ? avait demandé Avner. Mansour répondit qu'il ne le savait pas. Un beau jour, après que Mansour eut frappé à sa porte, elle était apparue, mal soignée, méconnaissable, et lui avait dit : « Ne reviens jamais. »

Le souvenir de sa nuit chez Yasmina n'avait pas quitté Avner. Son corps, celui de Zübeyde, les gestes tendres qu'elles avaient eus pour lui, les chants turcs, les douceurs orientales, les senteurs d'encens, de myrrhe et d'ambre, les plaisirs nouveaux, tout chantait la vie. Peu importait que Yasmina soit marquée par les ans, il tenait à la revoir. Avec une vivacité surprenante, Mansour avait tenté de l'en dissuader : « À quoi bon brouiller un beau souvenir ? Cela fait trois ans qu'elle ne reçoit plus personne. Nous serons quittes pour un voyage inutile. » Avner s'était étonné d'une telle véhémence. Pour finir, ils tombèrent d'accord. Mansour laisserait Avner frapper seul à la porte et l'attendrait quelques minutes, le temps qu'il essaie de convaincre Yasmina ou Zübeyde. Si rien n'y faisait, ils repartiraient ensemble. Si par miracle il réussissait, Mansour retournerait le chercher le lendemain matin.

*

— C'est moi, Petit Anastase ! Mansour m'avait amené chez vous, il y a longtemps.

Il y eut des chuchotements, suivis d'un silence, puis la porte s'entrouvrit et se referma aussitôt. « C'est lui ! », s'exclama une voix féminine. Quelques instants plus tard, Yasmina et Zübeyde se tenaient sur le seuil de la porte. Pâle, les cheveux gris, les traits affaissés, Yasmina ressemblait à une ombre. Zübeyde, tout en rondeurs, avait vieilli de vingt ans. Tous trois s'observèrent, stupéfaits, Avner par la décrépitude des deux femmes, elles par la beauté et la vigueur d'Avner.

— Tu es toujours aussi magnifique, dit Yasmina. Tu es l'homme le plus beau que j'aie jamais connu. Rentre.

Ils s'installèrent au fond de la pièce, là où onze années plus tôt Zübeyde leur avait servi des douceurs et du thé.

Yasmina le lui dit sans détour, il aurait mieux valu qu'il ne vienne pas. Sa présence allait réveiller des souvenirs douloureux. Mais elle était contente de le voir si beau et aurait plaisir à savoir ce qu'il avait connu de la vie au cours de ces dix années. Tout à l'heure, elle l'écouterait, pour autant qu'il veuille encore lui parler après ce qu'elle allait lui raconter :

— Les hommes qui savent se montrer habiles en amour sont rares. Sais-tu ce que veut dire être habile avec une femme ? Être à son écoute. Avoir des manières délicates. Deviner ses plaisirs… et les combler. C'est toujours le fait d'hommes expérimentés. Tu ne l'étais pas, cela se voyait à ton jeune âge et se devinait à tes gestes malhabiles. Mais ils étaient tendres. Surtout, ils exprimaient le souci que tu avais de moi. Ce genre d'attentions est exceptionnel chez un homme. Cette nuit-là, tu m'as donné un plaisir fou. À Zübeyde aussi, que tu as traitée en princesse. Aucun des hommes qu'elle a connus n'a eu pour elle autant d'égards.

Le lendemain, après son départ, elle avait prié le ciel pour qu'elle ait de lui un fils aussi beau et aussi délicat que lui.

Avner la regardait, désemparé, appréhendant la suite.

Son vœu fut exaucé. Elle donna naissance au plus bel enfant qui soit. Il avait d'Avner les traits, la couleur de peau et de cheveux, la douceur, la délicatesse, tout, sauf une chose : les yeux. Ils n'étaient pas noir charbon, mais bleu très clair, comme les siens. Dans la rue, les passants l'arrêtaient pour l'admirer. Ceux qui le voyaient pour la première fois étaient en manque de mots. Elle aurait bien aimé l'appeler Petit Anastase, ou même Avner, son ancien nom. Mais cela lui était interdit. Alors elle l'avait appelé Mansour, le Conquérant, pour honorer celui qui lui avait fait connaître le père de l'enfant, et aussi parce que c'était un nom magnifique.

— Où est-il ? demanda Avner.

— Au ciel, répondit Yasmina.

Avner la regarda, incapable d'articuler un mot.

— À sept ans, il était déjà ton double. Il avait tes traits, tes expressions, tes attentions… Et puis un jour s'est passé l'indicible. Zübeyde et moi avions un client. L'enfant jouait devant la maison. Un Fatimide qui passait au galop l'a renversé. L'enfant est mort d'un coup de sabot.

Elle se mit à pleurer en silence. À la naissance de l'enfant, elle avait fait jurer à Mansour de ne pas en parler à Avner. À sa mort, elle avait fait de même.

Durant une longue heure, ils restèrent dans leur chagrin, silencieux. Puis Avner s'étendit sur la natte, Yasmina fit de même, ils se serrèrent l'un contre l'autre, et Zübeyde alla s'étendre à l'autre extrémité de la pièce. Plus tard dans la nuit, Avner se dégagea des bras de Yasmina, s'accroupit près d'elle et posa ses lèvres sur les siennes. Yasmina le regarda, incrédule, et se laissa faire. Ils s'embrassèrent longuement. Lorsque Avner entreprit de lui ôter sa galabiya, elle arrêta son geste :

— N'as-tu pas compris ? Je suis une femme au corps fatigué, éloignée des choses de l'amour.

— Tu es très belle, lui répondit Avner.

Avec douceur, il lui ôta son vêtement et lui fit l'amour, ayant soin, avant de la pénétrer, de lui parler et de la caresser avec autant de douceur qu'il pouvait :

— Tes seins, ma belle Yasmina, étaient ceux d'une jeune fille. Les voici d'une femme. De la jeunesse ils ont perdu l'orgueil, ils sont désormais tendres, plus beaux et plus doux qu'ils n'ont jamais été. Et tes cuisses, Yasmina, dans lesquelles je me plonge et je me perds, ont-elles jamais été plus douces ? Et la peau de ton ventre sur laquelle je passe et repasse mes lèvres avec tant de plaisir, a-t-elle jamais été plus soyeuse ? Ta bouche appelle le baiser, Yasmina, tes seins invitent à la caresse et tes cuisses appellent ma langue.

*

Lorsque le soleil se leva, Yasmina approcha sa bouche de l'oreille d'Avner, lui chuchota : « Tu m'as fait me sentir belle», et Avner lui demanda l'autorisation de rester jusqu'au lendemain.

Durant le reste de la journée, il écouta Yasmina et Zübeyde lui raconter son fils. Que savait-il de son père ? Yasmina lui avait dit que c'était un prince fatimide, sans cesse par monts et par vaux, occupé à parcourir son royaume, à combattre les traîtres et à ramener la paix. Que c'était un homme très beau et surtout très bon, adoré de son peuple, pour lequel il accomplissait des miracles. Alors, même s'il ne le voyait jamais, il fallait qu'il l'aime beaucoup.

Le soir venu, Avner leur demanda de s'approcher de lui et leur prit la main :

— Je voudrais vous demander une grande faveur.

— Nous te l'accorderons, dit Yasmina. Je crois même deviner laquelle. N'est-ce pas que nous la lui accorderons, Zübeyde ?

— Je ferai ce que tu me diras avec plaisir, répondit Zübeyde.

Avner sourit. Non, ce qu'il leur demandait comme faveur n'était pas qu'ils s'aiment tous trois, comme ils l'avaient fait dix années plus tôt. Bien sûr, si au bout de la nuit, elles le lui proposaient, il en serait heureux. Mais il souhaitait autre chose :

— Répliquez au temps qui passe. Parez-vous comme il y a onze ans. Maquillez-vous. Faites brûler des parfums. Mettez vos plus beaux vêtements. Que Zübeyde nous berce de ses airs turcs, comme elle l'avait fait si divinement. Et si elle n'a plus toute sa voix, quelle importance ! Je veux l'entendre. Et toi, Yasmina, je voudrais te voir danser. Tu ne l'as pas fait depuis longtemps ? Peu importe ! Danse pour moi.

Les yeux brillants, Yasmina se leva, suivie de Zübeyde.

*

Le lendemain matin, Mansour attendait devant la maison de Yasmina, une main tenant la bride de Sultana, l'autre celles de Hodja et de Shekér. Lorsque Avner sortit, ils se regardèrent avec tristesse, Mansour parce qu'il avait caché à Avner l'existence de son fils, et Avner parce qu'il voyait dans quelle confusion Mansour se trouvait, pour avoir respecté sa promesse à Yasmina.

Il s'approcha de lui et le prit dans ses bras. Lorsqu'ils se séparèrent, très émus, Mansour chercha le regard d'Avner. Comment aurait-il pu savoir, le jour où il l'avait rencontré dans l'atelier d'Anastase, qu'il compterait autant dans sa vie ? Avner lui répondit qu'il prenait à son compte chacune de ses paroles, avant de le serrer à nouveau dans ses bras. Ils avaient chacun perdu un fils, et ces malheurs soudaient leurs cœurs davantage encore.

— Pressons-nous, dit Mansour. Hier soir, dans une taverne, j'ai appris que de nombreux Chrétiens qu'on appelle croisés sont partis de France pour s'emparer du Saint-Sépulcre. Ils approchent de la Hongrie, prévoient de passer par Constantinople, l'Anatolie et Antioche, pour faire le siège de Tyr, qu'ils ont l'intention d'étouffer jusqu'à reddition et transformer en place forte, dans leur conquête de la Palestine. Il se peut que des patrouilles de repérage se trouvent déjà à Acre, peut-être même à Caïfa.

Un rêve

Ils s'étaient arrêtés une nuit au monastère de Saint-Gérassime, et la suivante à celui de Saint-Nicodème, sur les hauteurs de Caïfa, où ils avaient chaque fois été reçus avec amitié. Les moines vivaient dans la terreur des Seldjoukides, qui eux-mêmes guettaient l'arrivée des croisés, et cette attente rendait les Turcs encore plus irritables et cruels à l'égard des Chrétiens.

Avner ne ferma pas l'œil de deux nuits, hanté par ce qu'il risquait de découvrir à Acre. Au troisième jour, lorsqu'il aperçut les fortifications de sa ville, il descendit de sa monture et tendit la bride à Mansour :

— Je vous retrouverai à la nuit tombée.

Avner parle de nos bêtes comme s'il s'agissait de vrais compagnons, se dit Mansour, et il en ressentit un grand bonheur.

L'esprit chamboulé, Avner prit le chemin de la Sainte Trinité. Les souvenirs se bousculaient. Thomas, sa confiture de figues sauvages et ses galettes grillées, le Petit Paradis, l'agneau arrêté au seuil de l'église, l'icône de la *Sainte Trinité*…

Lorsqu'il se trouva en contrebas du monastère, il s'arrêta, leva les yeux, et n'aperçut que des pans de pierres noircies. Seul le figuier avait survécu au saccage. D'un pas lent, il fit le tour de ce qu'il restait de l'église et alla s'étendre sous le figuier.

Épuisé par trois jours de route et des nuits sans sommeil, il s'assoupit et fit un rêve. Deux agneaux bêlaient à ses côtés. Une voix féminine les interpellait. C'était celle de Myriam, qu'il reconnut à son timbre autant qu'à la façon douce et amusée qu'elle avait de s'adresser à ses moutons. Lorsqu'il sentit qu'il allait se réveiller, il tenta de s'accrocher à son rêve, mais rien n'y fit. Il ouvrit les yeux, et à sa stupéfaction, le rêve se poursuivit. Myriam se tenait devant lui et cherchait à éloigner les deux agneaux :

— Myriam…

La jeune fille baissa les yeux :

— Je suis Bethsabée.

C'était pourtant Myriam ! Il la reconnaissait à ses yeux d'un noir sans pareil, à son port, à sa voix, ses gestes…

— On dit que je ressemble à ma mère, ajouta la jeune fille. Elle s'appelait Myriam.

Elle partit d'un rire espiègle :

— Mais je vois que je te ressemble aussi ! Peut-être qu'aujourd'hui je ressemble à tout le monde…

Il ressentit un vertige et ferma les yeux quelques instants. Lorsqu'il retrouva ses esprits, il lui demanda si elle devinait qui il était. Elle secoua la tête en souriant.

— Je suis Avner. Le cousin de ta mère.

La jeune fille poussa un cri et se cacha le visage.

*

Durant une heure, chacun se raconta.

— Parle-moi de ma mère, demanda Avner.

— Grâce à Dieu, elle est toujours vivante, dit Bethsabée. Couchée jour et nuit, elle a perdu ses forces.

Elle s'occupait de la soigner, mais n'était pas sûre d'être toujours à la hauteur. La pauvre avait subi plus de malheurs que le Bon Dieu ne devrait infliger à une personne. Elle avait perdu sa sœur, puis son mari, le départ d'Avner l'avait meurtrie, et Myriam, qu'elle chérissait comme sa fille, lui avait été enlevée :

— Je comprends son amertume. Et je fais ce que je peux. Lorsque je me retrouve à bout de patience, je m'enfuis avec mes bêtes.

Pourquoi venait-elle faire brouter ses moutons à cet endroit ? Savait-elle pourquoi Avner avait quitté la maison ? Était-elle au courant des circonstances de son départ ?

Elle ne savait rien de cela. On lui avait dit qu'il reniait les siens, et qu'il refusait les Commandements.

— Sais-tu ce qu'est une icône ?

Elle ne le savait pas non plus.

La pièce baignait dans une puanteur insupportable. Avner fit deux pas, s'approcha de sa mère et s'agenouilla. Ses traits s'étaient affaissés, et à ses joues concaves, il comprit qu'elle était édentée. Elle avait le teint gris.

— C'est moi, chuchota Avner.

Elle tourna légèrement la tête et le dévisagea :

— Mansour m'a annoncé ton retour. Tu m'as vue. Tu peux repartir.

— Je suis ton fils.

À quoi bon répondre ? se demanda Bina. Est-ce un fils, celui qui trahit les siens et les quitte ?

— Tu m'as oublié ?

Elle le regarda, l'air désabusé :

— Tu as tourné le dos à ton père. Tu as méprisé ses valeurs. Tu n'as pas pensé au chagrin que tu allais lui causer en choisissant la foi des Chrétiens. Et tu me demandes si je t'ai oublié ?

Il avait fait le choix de peindre… Et si c'était à refaire, il ne pourrait que s'arracher aux siens de la même manière, quelle que soit la douleur que cela ait pu lui causer. Mais à quoi bon le dire ? Cela aurait été inutile et cruel. Il lui annonça que désormais il aiderait Bethsabée à s'occuper d'elle.

Sa mère eut une moue de mépris. Que savait-il, de comment on lave et on soigne une vieille femme ?

— J'apprendrai, répondit Avner.

— Tu as oublié les mots de la Torah. *Tu ne dévoileras pas la nudité de ton père et de ta mère.*

— Que fais-tu du Cinquième Commandement ? lui lança Avner.

Elle le regarda sans comprendre.

— *Tu respecteras ton père et ta mère.* Est-ce respecter ma mère que de la laisser dans un tel état ?

Elle ferma les yeux :

— Fais ce que bon te semble. C'est ce que tu as toujours fait.

*

Au début, il la déshabillait par gestes heurtés. Sa nudité l'embarrassait. La déchéance de son corps lui faisait perdre ses moyens. Pour la toilette intime, il devait s'y reprendre à plusieurs fois. Elle gardait les yeux fermés, ne disait mot et se laissait faire. Au fil des jours, ses gestes se firent plus doux et plus sûrs. Il la nettoyait tout entière à l'eau et au savon d'Alep, lui séchait avec soin les bras et les jambes, les chairs flétries, la poitrine et les parties intimes. Il l'accompagnait aux latrines sans qu'aucun des deux prononce un mot de trop. Elle disait : « J'ai besoin », et lui « Tourne-toi » ou « Écarte », lorsqu'il devait accéder à son intimité. Après l'avoir nettoyée et vêtue d'une galabiya propre, il aspergeait sa couche de parfum. La nuit, il dormait sur une natte posée à ses côtés.

Un matin, au réveil, il lui apporta un bol rempli de grains de raisin. Elle en mit un en bouche, s'arrêta, l'air surpris, et passa le doigt sur ceux qui étaient dans le bol. Avner les avait tous pelés. Elle chercha ses yeux, avant de tourner la tête. Avner s'étendit à son côté, se serra contre elle, et ils restèrent longtemps dans les bras l'un de l'autre, sans rien dire.

Au troisième jour, Avner installa un chevalet dans leur chambre et se mit au travail avec fureur, impatient de savoir s'il était capable de répéter le miracle.

Chaque jour, durant une semaine, Bethsabée partit tôt avec son troupeau et rentra le plus tard qu'elle pouvait, honteuse d'avoir été écartée. Au soir du huitième jour, à son retour, Avner lui tendit l'icône. Elle la regarda avec stupéfaction :

— C'est moi ?

Avner secoua la tête. Il avait représenté sa mère, dans le souvenir qu'il avait d'elle lorsqu'il était enfant. L'icône la montrait vêtue d'une tunique rouge, les cheveux de jais, l'œil noir, portant dans ses bras un agneau dont le blanc immaculé tranchait avec le rouge de la robe et le noir de sa chevelure. Son regard était d'une grande bienveillance.

— C'est ma mère. Mais je suis content que tu t'y reconnaisses. Tu t'occupes des bêtes comme elle s'en occupait. Tu es belle comme elle l'était. Et sans doute qu'un jour, tu seras comme elle incapable d'aller seule aux latrines.

*

Durant des heures, cette nuit-là, à la lueur de sa lampe, Bethsabée contempla l'icône. Le lendemain matin, pendant qu'Avner lavait Bina, elle s'approcha de lui, et d'une pression de la main sur l'épaule, lui fit comprendre qu'elle souhaitait le remplacer.

Lorsqu'elle eut terminé la toilette de Bina, elle lui montra l'icône :

— C'est pour cela qu'il vous a quittés. Pour raconter la beauté. Regarde comme tu es magnifique, avec l'agneau dans tes bras.

Bina se redressa sur sa natte, regarda l'icône, et se recoucha sans dire un mot.

Trois prières

Bethsabée soignait Bina avec une tendresse nouvelle. Elle l'accompagnait aux latrines, l'attendait aussi longtemps qu'il fallait, la lavait, l'habillait de propre, la parfumait…

En dépit de toutes ces attentions, l'état de Bina empirait. Elle ne mangeait plus que quelques grains de raisin pelés, et si elle ne maigrissait pas davantage, c'était qu'elle n'avait plus que la peau sur les os. Un jour que Mansour revint de Nazareth et la vit aussi faible, il comprit qu'elle allait bientôt partir, et il décida de rester à Acre. Le lendemain, en milieu de journée, Bina souffla à Bethsabée : « Je crois que je vais m'en aller. » Alors Bethsabée alla chercher Avner, puis se rendit à l'étable, prit dans ses bras le plus jeune des agneaux et retourna le coucher près de Bina. Lorsque celle-ci remarqua la présence de l'animal, elle sourit, lui effleura la tête, et cessa de respirer.

Bethsabée s'occupa de sa toilette et Mansour se rendit au pied du figuier sauvage creuser une tombe. À l'heure du crépuscule, il retourna veiller Bina avec Avner et Bethsabée. Ils restèrent durant toute la nuit autour de sa dépouille, à la lumière de quatre bougies, trois où reposait la tête de Bina, la quatrième à ses pieds, où l'agneau s'était couché.

À l'aube, ils installèrent son linceul sur Shekér. Bethsabée la tint par la bride, et ils se rendirent à la tombe qu'avait creusée Mansour, l'agneau trottinant à leur côté. Lorsqu'ils arrivèrent devant le figuier sauvage, Avner et Mansour soulevèrent Bina, la déposèrent au creux de la tombe et récitèrent le Kaddish, la prière des morts.

Itgaddal veïtkaddash
Shémé rabba

Magnifié et sanctifié soit
Le Grand Nom

Après avoir récité le premier vers, Avner se tourna vers Mansour, qui répéta après lui. La prière juive était en araméen, une langue que Mansour connaissait.

Avner récita le deuxième vers :

Béalma di vérah khiroutéh

Dans le monde qu'il a créé selon sa volonté

Mansour répéta après lui, et ainsi de suite, ils récitèrent le Kaddish jusqu'à ses derniers vers :

Osse shalom bimeromav
Hou yassé shalom alénou
Véalkol amo Israël,
Véimrou amen

Que celui qui établit la paix
dans ses hauteurs
L'établisse dans sa miséricorde
parmi nous
Et sur tout son peuple d'Israël, amen

Lorsqu'ils achevèrent le Kaddish, il y eut un moment de silence, puis la voix d'Avner s'éleva, claire et forte, et il chanta en grec la prière des morts que les moines de Mar Saba chantaient à l'enterrement d'un des leurs :

Aionia tis i mnimi

Que sa mémoire soit éternelle

Puis ce fut au tour de Mansour, qui prononça haut et fort sa prière.

Allah ou akbar

Dieu est grand

Lorsqu'il eut terminé, il combla la tombe de la terre qu'il avait creusée la veille. Avner voulut l'aider.

— Tu jetteras une poignée de terre et rien de plus, dit Mansour. À cet instant, ma tâche est d'ensevelir ta mère et la tienne de la pleurer.

*

Mansour décida de rester la semaine à Acre, et Avner l'installa dans sa chambre. Il y aurait eu la place pour une troisième natte, mais Bethsabée voulut dormir dans la chambre de Bina.

Durant sept jours, chaque fin de journée, ils se rendirent tous trois au pied du figuier et y récitèrent les prières.

Au huitième jour, Mansour proposa à Avner et à Bethsabée de venir avec lui à Nazareth, et ils acceptèrent.

Là serait la vraie folie

Cela faisait deux heures qu'ils avaient pris la route, Mansour entre les bosses de Sultana, Bethsabée sur Shekér et Avner au dos de Hodja.

À la mi-journée, Mansour se tourna vers Avner :

— Adh-Dhouhr !

Ils mirent pied à terre, Mansour étendit deux nattes de prière en direction de La Mecque et les deux hommes s'accroupirent sous les yeux incrédules de Bethsabée. Son cousin juif converti au christianisme priait en musulman ! Lorsqu'ils eurent terminé, elle chercha son regard, criant presque :

— Qui es-tu, Avner ?

La colère de Bethsabée ne le surprit pas. Il tenta de l'apaiser :

— Mansour m'a invité dans sa Maison. Il m'y a accueilli en fils, et j'ai prié comme si j'étais son fils. Aurais-je dû refuser ?

Bethsabée secoua la tête :

— Tu ne me réponds pas ! Es-tu juif ? chrétien ? T'es-tu converti à l'Islam ? Qui es-tu ?

Comment lui dire que c'était, pour lui, un cadeau du Seigneur que de découvrir d'autres regards, d'autres mots, d'autres manières de voir le monde ? Qu'il vivait ces découvertes avec un étonnement chaque fois renouvelé ? Que cela lui procurait le plus beau des sentiments, celui d'appartenir à une humanité plus vaste, plus riche ? Qu'il en retirait chaque fois une joie immense ? Mais ce n'étaient là que des mots vagues, et le malaise de Bethsabée était précis. On lui avait appris à respecter la Loi des Juifs et à se méfier de toutes les autres. Alors il lui répondit du mieux qu'il put, en essayant de lui faire entrevoir les beautés qu'à ce jour on lui avait interdites :

— Notre religion dit la Loi. J'ai beau l'avoir abandonnée, sa rigueur et sa majesté m'impressionnent. La vie du Christ m'enseigne la charité, et l'Islam me rappelle l'importance de l'humilité et de la soumission. Pourquoi devrais-je refuser l'hospitalité de l'une de ces Maisons en faveur d'une autre ? Ce serait dédaigner chaque fois une grande richesse. Là serait la vraie folie.

Mansour sourit et Bethsabée ne sut que répondre. Mais à peine reprirent-ils leur route qu'elle se mit à sourire, elle aussi. Les religions, les prières, les canons, les disputes… Rien ne semblait avoir prise sur Avner. Elle eut pour lui une bouffée d'admiration. Il n'était pas fourbe par volonté de nuire. Il l'était pour vivre sa passion. Rien ne comptait tant dans sa vie que de peindre.

Surtout, il était si beau !

Chaque fois qu'elle y pensait, cela déclenchait en elle des ondes de désir qui la prenaient de court. Elle ne pouvait leur répondre que de nuit, par des caresses, en imaginant qu'elles étaient de la main d'Avner, et qu'un jour, avec lui, elle connaîtrait l'amour.

Regarder vraiment

Depuis le début du repas, Afifa et Akila, « la chaste » et « la sage », ne cessaient de s'écharper.

Aïcha, désemparée, voulait capter l'attention de Mansour. Ce fut sans succès. Celui-ci avait les yeux braqués sur Avner, qui lui-même ne quittait pas les deux sœurs du regard. Il voulait mémoriser leurs traits, leurs gestes, leurs expressions, ne pas être dupe lorsque l'une ou l'autre tentait de feindre une émotion, un petit jeu auquel toutes deux semblaient très habiles.

Mansour observa Avner. Combien il s'était métamorphosé, depuis leur départ de Mar Saba. Ses cheveux lui arrivaient aux épaules. Il avait maigri. Son regard avait pris en sérénité. À la façon à la fois douce et insistante qu'il avait d'observer ses filles, Mansour se dit qu'à cet instant il se trouvait au cœur de sa mission, tout entier à regarder, écouter, décrypter les silences, et découvrir ce que les deux sœurs avaient en elles de plus beau.

De l'une et de l'autre

Avner choisit deux planches d'environ une coudée de haut, d'égales dimensions, et les lissa jusqu'à effacer leur plus petite aspérité. Pour le fond, il choisit une teinte d'apaisement, un rose très pâle, le même pour chacune des planches. Les sœurs seraient vêtues d'une robe bleu foncé, très sobre. Il n'y aurait aucun autre ornement, ni sur l'habit, ni sur le fond ou le cadre. Toute l'attention du spectateur devait se porter sur leurs traits. Afifa avait le visage carré, des yeux ronds et noirs, une bouche petite et des lèvres rondes retroussées. Akila avait la mine longue, des yeux effilés vert foncé et une bouche grande aux lèvres minces. Avner se dit que pour ramener les sœurs à reconsidérer leurs rapports, il devait créer un choc. Alors il mélangea leurs traits, prêtant à l'aînée la bouche de la cadette et donnant à celle-ci des yeux ronds et noirs. Il les représenta de trois quarts, en privilégiant le profil droit pour Afifa, l'aînée, et le gauche pour Akila, si bien qu'en mettant les deux planches côte à côte, on aurait dit que chacune des filles regardait à la fois sa sœur et le spectateur, et que les deux portraits étaient faits pour se parler.

C'est toi ou c'est moi ?

Mansour avait décidé de commencer par Afifa, l'aînée. Au moins, il aurait une excuse, si Akila lui faisait le reproche d'être venu la trouver en second. Il la voyait déjà lui lancer, selon son habitude : « Jusqu'à la fin de mes jours, je serai donc celle qui passe en dernier ! » S'il était venu la voir en premier, sa sœur aînée l'aurait pris de haut : « Tu as peur du moindre de ses reproches. »

Pourtant, jusqu'à leur mariage, ses filles s'entendaient à merveille. Afifa, haute de taille, était forte, d'une beauté majestueuse. Akila, mince et agile, avait des allures de petite fée. Elles avaient épousé deux cousins et chacune semblait heureuse.

Il est vrai qu'au début, le projet de Mansour avait failli mal tourner. Il souhaitait qu'Abdallah, l'un des cousins, épouse Afifa, l'aînée. Mais à la fin de sa première visite au domicile de Mansour, le garçon lui avait avoué sa préférence pour Akila, la cadette. Mansour s'était résolu à l'annoncer aux sœurs, et cela avait créé un froid. Lorsqu'il avait proposé à Mounir, le cousin d'Abdallah, d'épouser Afifa, les tensions semblaient s'être apaisées et les deux mariages avaient été célébrés le même jour. Puis, très vite, les rapports entre les sœurs s'étaient dégradés, et cette animosité pourrissait la vie de leurs parents. Aïcha n'osait plus partager un repas avec ses filles, ni rendre visite à l'une de peur que l'autre ne l'apprenne. Pour finir, elle les voyait en voleuse.

Le regard à l'affût, Mansour observait Afifa. Les yeux sur l'icône, elle semblait inquiète, passant d'un détail à l'autre. C'était elle, bien sûr. Mais était-ce elle vraiment ? Ce tableau la troublait beaucoup.

— Et le sien ? Comment est-il ?

— Vous êtes sœurs, dit Mansour. Cela doit apparaître.

Elle resta pensive, puis ajouta :

— Tu me raconteras ce qu'elle en dit.

*

Le lendemain, à l'heure du déjeuner, les sœurs se retrouvèrent chez leurs parents, chacune munie de sa planche.

Elles étaient sur leurs gardes. Akila voyait bien que son portrait représentait autant sa sœur qu'elle-même, et cela la perturbait beaucoup que l'on puisse à ce point les confondre. Afifa pensait de même et, durant une heure, elles commentèrent avec prudence les détails de leurs traits, ayant soin de ne rien dire qui puisse heurter. Ici c'est toi ? demandait l'une. Là c'est toi aussi, disait l'autre. Mais ici c'est moi… Et ainsi de suite. Afifa se voyait belle, enfin, et Akila constatait qu'elle pouvait avoir de la douceur dans le regard. Lorsqu'elles cessèrent de commenter leurs portraits, Afifa demanda à Akila si elle était pressée de rentrer chez elle. « Bien sûr que non ! », répondit sa cadette. Alors elles se racontèrent leur matinée, chacune écoutant l'autre avec intérêt, la touchant au bras ou à la main, lui souriant, toutes choses qu'elles n'avaient pas fait depuis quinze ans. Aïcha se mit à pleurer et ses filles se précipitèrent pour l'embrasser.

Mansour attendit qu'elles s'apaisent et leur parla. Grâce aux portraits d'Avner, elles avaient compris qu'elles ne faisaient qu'un, et que ce lien était indissoluble face à toutes les querelles du monde :

— Mais pour que le bonheur revienne durablement dans vos cœurs et dans les nôtres, faire la paix ne suffira pas. Il faudra vous réconcilier, c'est-à-dire nettoyer vos cœurs de toute amertume. Que chacune parle à l'autre de ce qui l'a blessée, sans violence mais en toute franchise.

Les deux sœurs se levèrent, embrassèrent leurs parents et quittèrent la maison.

*

Dehors, elles se regardèrent, immobiles.

— Est-ce que tu sais ce qui s'est passé ? demanda Afifa.

— Bien sûr que oui, répondit Akila. Mais d'abord, je veux que tu me serres dans tes bras, et que tu me pardonnes d'avance pour la peine que je vais te causer.

Afifa prit sa sœur dans ses bras et la serra à l'étouffer.

— Ça te va ?

Elles rirent et Akila raconta. Lorsque Abdallah et son père vinrent pour la première fois rendre visite à leurs parents, elles étaient présentes toutes les deux. Et Akila avait soupçonné Afifa d'avoir regardé Abdallah de façon trop tendre.

Sa sœur la dévisagea, l'air effaré :

— Je n'osais pas lever les yeux sur lui.

— Justement, répondit Akila, tu le regardais par en dessous. Comme si tu voulais me le voler.

Sa sœur n'avait pas raison, dit Afifa. Elle ne voulait pas voler Abdallah. Elle voulait simplement lui plaire, puisqu'elle lui était promise. Mais lui n'avait d'yeux que pour Akila. La beauté de la famille, c'était Akila. Au fil des ans, sa sœur gardait des airs de jeune fille, alors qu'elle-même s'était arrondie sous sa galabiya.

Akila la serra dans ses bras :

— Tu as l'air d'une reine, et moi, avec mes bras et mes jambes maigres comme des clous, je ressemble à un scarabée. C'est ainsi que m'appelle Abdallah. Mon scarabée adoré.

— Et le mien m'appelle sa montagne magique !

Les deux sœurs se regardèrent et éclatèrent de rire.

Comme avec Myriam

« Quand connaîtrai-je l'amour ? se demandait Bethsabée. Me voit-il seulement ? »

Durant six jours, Avner était resté accroché à son chevalet, à peindre les sœurs. On aurait dit qu'il n'y avait qu'elles sur Terre. Et cette idée, de mélanger leurs traits… Maintenant qu'elles s'étaient réconciliées et qu'Aïcha les avait retrouvées, elle aurait une vie de famille pleine et harmonieuse. Très vite, elle suggérerait à Bethsabée de retourner à Acre… Et Avner qui partait le lendemain pour Tibériade… Deux jours pour y parvenir, trois s'il se mettait à pleuvoir… Sans compter que la veuve à laquelle il devait rendre visite le retiendrait…

Le soir venu, lasse d'attendre, elle lui demanda de coller sa natte à la sienne, comme il le faisait du temps où lui et sa mère avaient son âge. Lorsqu'il s'exécuta, elle lui demanda ce qu'il se passait, une fois qu'ils avaient rapproché leurs nattes. Il lui répondit qu'ils se parlaient en se chuchotant, et que pour cela il grimpait sur la natte de Myriam, de façon à ce que sa bouche soit collée à son oreille, et Bethsabée lui dit de faire de même.

Difficile pardon

— C'est lui, dit Avner en ôtant le tissu dans lequel était enveloppée l'icône. C'est Mansour, celui qui a eu l'altercation avec ton mari, à Capharnaüm. Il était venu te voir.

— Et même deux fois, dit Rebecca. Je m'en souviens parfaitement. La première pour m'annoncer la mort de mon mari en jouant les innocents, il en avait même profité pour m'acheter sa marchandise. La seconde pour me dire ce qu'il s'était réellement passé. On n'oublie pas ces choses-là.

Elle regarda l'icône avec méfiance. Elle n'avait jamais vu de portrait, et cette représentation la troublait :

— Je ne m'attendais pas à revoir cet homme. Et puis, comment te dire… C'est lui et ce n'est pas lui…

Les yeux sur l'icône, elle demanda à Avner, d'un ton absent, ce qui l'amenait à Tibériade. Il lui répondit qu'il était venu à la requête de Mansour, que la mort d'Isaac continuait de hanter.

Rebecca cessa de regarder l'icône et dévisagea Avner. Qui était cet homme au regard si troublant qui avait fait un voyage de plusieurs jours pour présenter à une vieille femme l'image de celui qui avait causé la mort de son mari ? Que cherchait-il ?

Elle posa son regard sur la planche :

— C'est lui et ce n'est pas lui… Là, il a l'air sincère.

Lorsqu'il était venu la voir la deuxième fois, elle lui avait dit qu'elle ne lui pardonnait pas :

— Et il continue de penser à cette histoire ? Ça doit faire vingt ans. Il aurait dû oublier.

Elle lui lança un coup d'œil méfiant : qui était l'auteur du portrait ? Quand Avner répondit que c'était lui, elle resta silencieuse quelques instants :

— S'il vient me voir, je lui pardonnerai. Et maintenant prends ton tableau et retourne chez toi.

Avner s'agenouilla, saisit la main de Rebecca et la porta à son front.

Pendant qu'il enveloppait l'icône, elle lui lança :

— Tu es son ami ?

Avner répondit qu'il l'espérait.

— Il a de la chance.

— J'en ai plus que lui, dit Avner.

Jusqu'à ce que tombe la nuit

Avner prit la route qui longeait le lac en direction du sud. Le temps était humide et un brouillard masquait l'autre rive. Il fait brumeux comme dans ma tête, se dit-il.

Combien le destin pouvait se montrer cruel un jour et généreux le lendemain… Il pensa à son expulsion de Mar Saba, à Rebecca devant l'icône, qui avait réagi avec bienveillance, à Mansour et à Ilham, qui s'étaient réconciliés après que chacun eut redécouvert l'autre, au corps merveilleux de Bethsabée étendu sur le sien, à leurs caresses, identiques à celles qu'il partageait avec Myriam. Bethsabée… Combien elle s'était prise d'affection pour Bina, lorsqu'elle s'était reconnue dans son portrait ! Et Aïcha ! Quelques jours après leur arrivée à Nazareth, il avait entendu Aïcha dire à Mansour, l'air pensif : « Elle a l'air d'avoir bon cœur. » Elle venait de découvrir l'icône d'Ilham. « Pourquoi pas », avait ajouté

Aïcha. Qu'entendait-elle par « Pourquoi pas » ? Là encore, l'icône avait eu un effet apaisant. Est-ce que le miracle qui avait eu lieu à Jérusalem entre Mansour et Ilham se répétait ? Si, à son retour à Nazareth, Mansour lui annonçait que ses filles s'étaient réconciliées, il commencerait à croire que ses portraits apportaient l'apaisement. Le présage de l'higoumène Paul prenait-il forme ? Serait-il un jour vrai « pêcheur d'hommes » ?

De Magdala, la route pour Nazareth était pentue. Il grimpa une heure environ et se retrouva à une croisée de sentiers. Sur celui de droite, en direction du nord, une demi-douzaine de cavaliers se dirigeaient vers la rive, tous casqués et vêtus de tabards blancs marqués d'une grande croix rouge. Était-ce possible qu'il s'agisse des croisés dont lui avait parlé Mansour ? Il prit peur et s'engagea sur un sentier étroit et très raide qui menait à des grottes creusées à même la roche, en surplomb. Une heure plus tard, il en trouva une, grande et vide, et décida de s'y arrêter pour la nuit.

Le brouillard commençait à se dissiper et il vit le lac tout entier, de Capharnaüm jusqu'à son extrémité sud, d'où s'écoulait un fleuve en direction d'une mer de sel, que l'on appelait aussi mer Morte.

Il s'assit à l'entrée de la grotte et resta ainsi sans boire ni manger, à contempler Magdala, Tibériade, et, en face, la rive est du lac, jusqu'à ce que la nuit tombe et encore plus tard, se demandant s'il arriverait à honorer la mission dont l'higoumène Paul l'avait chargé.

Dans son essence divine

Mansour était plus ébloui chaque jour par le talent d'Avner. Mais s'agissait-il de talent ? Comment qualifier le miracle qui lui permettait de comprendre ceux qu'il représentait ? De pénétrer leur humanité ? De saisir leurs failles, leurs interrogations, leurs angoisses ? Ilham, Bethsabée, Afifa, Akila, toutes s'étaient vues autrement devant leur représentation. Avner leur avait offert la preuve tangible qu'elles étaient belles et nobles, à leurs yeux comme à ceux d'autrui, comme l'était Mansour à ceux de Rebecca, ou Ilham à ceux d'Aïcha, lorsque celle-ci avait dit « Pourquoi pas », laissant entendre qu'elle n'était pas opposée à partager le même toit avec l'épouse de Jérusalem.

Plutôt que de représenter la part d'humain dans le Christ et ses Saints, Avner inversait la démarche, faisait surgir la part de divin enfouie en chacun. Au contraire des icônes qui montraient des saints dans le propos de renvoyer le spectateur à son devoir de vénération, ses peintures – puisqu'il s'agissait de cela - étaient le miroir embellissant de son âme. Ce qu'il voyait était lui-même, transcendé. Lui-même, comme ne l'auraient pas renié le Christ et ses apôtres.

Avner arrivait à faire surgir la beauté du plus misérable des hommes. Un jour, c'était un vieillard, venu de Césarée, accompagné de son fils. Il n'avait plus de chair. Effrayé par la perspective de mourir, il voulait se souvenir de combien il avait été beau, croire, peut-être, que d'une certaine façon il l'était toujours, et affronter la mort avec élégance. Un autre jour, c'était une jeune fille de Nazareth qui n'arrivait pas à trouver époux, ou un voleur de Tibériade, à qui l'on avait coupé la main. Il avait été amené par son oncle, qui voulait l'aider à retrouver une dignité. Chaque fois, le miracle avait eu lieu. Avner avait découvert leur beauté cachée, l'avait représentée avec son inégalable talent, et chacun était reparti apaisé.

C'est de cela qu'ont besoin les hommes, se dit Mansour. D'être rassurés. Et c'était cela exactement que faisait Avner. Il célébrait les hommes dans leur essence divine.

Vertige

— Cette fois, c'est ton tour, chuchota Bethsabée.

— Quel tour ? demanda Avner, de quoi voulait-elle parler ?

La nuit qui avait précédé son départ pour Tibériade, c'était elle qui était venue le rejoindre sur sa natte et s'était étendue sur lui. Ce soir, elle voulait sentir le poids de son corps sur le sien. Alors Avner s'étendit sur elle, posa la main sur sa jambe, poursuivit sa caresse et constata qu'elle avait relevé sa galabiya jusqu'à la taille.

Youssef le rusé

Ils étaient trois assis autour d'un verre de thé, chez Abdullah, le tavernier de Nazareth, Mansour, Avner et Youssef, un cousin d'Aïcha. Il était convenu que Mansour ferait la conversation, ce qui permettrait à Avner d'observer l'homme à loisir.

— Tu crois que ça va marcher ? demanda Youssef.

Mansour leva les mains, comme pour dire : *Kismet.* On s'en remet au destin. La seule chose qu'il pouvait affirmer, c'était que son ami Petit Anastase ici présent arrivait à trouver en chacun ce qu'il avait de meilleur, qu'il faisait des icônes merveilleuses et représentait son modèle sous son jour le plus beau.

Youssef observa Avner, l'air méfiant :

— C'est ce que m'a dit Aïcha…

Mais elle lui avait donné pour exemples des membres d'une même famille. Des gens qui avaient tout intérêt à se réconcilier… Lui, c'était avec son associé qu'il avait un différend.

Avner remarqua ses épaules et ses mains, puissantes, son cou aussi épais que sa tête, ses traits forts et creusés. Un homme peu habitué au compromis. Il aurait de la peine à adoucir le personnage. Mais à défaut de le représenter avec un regard doux, il mettrait dans ses yeux de la droiture.

— En plus, je suis juif, reprit Youssef. Mon associé aussi. Que pensera-t-il de tout ça ? Représenter, c'est trahir la Loi.

— Lorsque ton associé jettera un coup d'œil au portrait, il découvrira que tu es un homme juste. L'apaisement l'emportera sur le reste. Une fois obtenu le résultat recherché, tu pourras montrer l'icône à ta femme, à tes enfants, à des clients. Tu n'auras pas à vanter tes qualités. Elles s'imposeront au premier regard.

— Et si ça ne marche pas ? fit Youssef, l'air défiant.

— *Kismet*, répéta Mansour. Cela voudra dire que toi et ton associé feriez mieux de vous séparer. C'est une conclusion qui a sa valeur.

Un homme aux aguets, se dit Avner. Un rusé. Son regard devait refléter l'astuce. Après tout, son associé préférerait-il être en affaires avec un naïf ?

Youssef hocha la tête. Aïcha lui avait parlé « d'effets miraculeux » sur ses filles.

Il se leva, dit : « Espérons… », et quitta la taverne.

Le soir venu

Une semaine après qu'Avner eut rendu le portrait de Youssef, chacun à Nazareth savait que les deux associés s'étaient réconciliés. On les voyait ensemble, au travail ou à la taverne, détendus, heureux de leurs nouveaux rapports. Dans les jours qui suivirent, Mansour reçut plusieurs sollicitations. Les gens avaient beau savoir que la Loi interdisait la représentation, ils osaient le pèlerinage quand même, quitte à le faire en se cachant. Pour certains, c'était le besoin urgent d'apaiser un conflit. Dans la perspective d'une réconciliation, le dinar d'or que demandait Mansour leur semblait léger. D'autres souhaitaient retrouver d'eux-mêmes une image honorable.

Une routine s'était mise en place. Avner et Mansour rencontraient la personne qui souhaitait être peinte à la taverne d'Abdullah, ou, par souci de discrétion, aux abords de la ville, sur l'une des routes qui menaient à Acre ou à Magdala. Pendant que Mansour l'interrogeait, Avner mémorisait les traits, les expressions et les émotions.

Le travail de peinture se faisait dans la chambre qu'il occupait avec Bethsabée. Pour la cuisson des pigments ou des vernis, il avait installé un petit brasero dans la cour. Bethsabée l'aidait pour les premières étapes de la fabrication, et cela lui permettait de mener à bien jusqu'à cinq ou six icônes par semaine, un travail qui ne lui causait aucune fatigue. Le soir venu, lui et Bethsabée s'aimaient intensément.

Adulation

Les pèlerins arrivaient de Tibériade, d'Acre, de Césarée, de Jaffa et de Jérusalem. Arrivés à Nazareth après avoir voyagé des jours et des semaines, ils étaient prêts à attendre le temps qu'il fallait, à débourser un dinar d'or, à braver les Lois, leurs propres lois, juives ou musulmanes, à passer outre aux mises en garde des prêtres et des moines, pour voir leur portrait peint par celui dont on disait qu'il accomplissait des miracles, car il trouvait en chacun ce qu'il avait de plus beau et ramenait la paix entre les gens.

Avner les représentait avec un réalisme saisissant, loin, très loin des règles de l'Église. Pour le fond, il n'utilisait que du bleu, dans toutes les nuances du ciel et de la mer, y ajoutant quelquefois un symbole du métier de celui qu'il peignait. Il lui arrivait aussi de représenter sur un coin de l'icône l'animal avec lequel le pèlerin avait voyagé, un âne ou un mulet, parfois un chameau. Dans ces cas, c'était invariablement Sultana, Hodja ou Shekér qu'il prenait pour modèle. Le visage du pèlerin était presque toujours montré de trois-quarts, quelquefois de face, les yeux plus grands que nature, et cela donnait à son expression une force qui surprenait et rassurait.

Les pèlerins s'installaient autour de la maison de celui qu'ils appelaient le Prince de Nazareth. Chacun voulait l'approcher, espérant qu'ainsi Avner le comprendrait mieux, qu'il aurait pour lui une sympathie qui le pousserait à le représenter avec une plus grande bienveillance. L'attente n'était pas une peine, au contraire. Le voisinage d'autres pèlerins qui avaient fait la même démarche favorisait des partages et des amitiés, créait la complicité, apportait du réconfort. Si tant d'autres vouaient à Petit Anastase une même dévotion, c'était la preuve qu'il y avait à cela un juste motif. Et lorsque Avner sortait de chez lui, les plus audacieux s'approchaient pour lui baiser le dos de la main. D'autres, moins téméraires, se contentaient de caresser le bas de sa galabiya.

Avner réagit à ces marques d'adulation de façon changeante. Au début, elles le gênaient. Il se sentait indigne d'elles. C'était à lui d'être reconnaissant aux pèlerins, pour l'occasion qu'ils lui offraient de leur apporter de la sérénité. Puis il s'y habitua.

Elles cessèrent de l'embarrasser. Elles lui faisaient plaisir, le rassuraient dans sa mission. Il se mit à les considérer comme naturelles.

Avec le temps, ces marques de reconnaissance lui semblèrent faiblir. Il aurait aimé qu'elles soient plus marquées, plus franches. Il se serait senti plus à l'aise à les voir éclatantes, il y aurait trouvé plus de cœur à l'ouvrage.

Porté par l'habitude, il travaillait toujours de façon aussi intense. Mais l'élan du cœur n'était plus le même.

Un jour que Mansour interrogeait un pèlerin sur les raisons qui l'avaient amené à Nazareth, la vérité s'imposa aux yeux d'Avner : sa passion avait cédé la place à l'orgueil.

L'homme élevait des chèvres et des moutons sur les hauts de Caïfa. Peut-être s'était-il montré trop dur avec son fils, un garçon de treize ans qui travaillait avec lui à l'étable et dans les prés, car le garçon s'était enfui de la maison. Tantôt parlant, tantôt pleurant, l'homme semblait désespéré : « Si j'ai été dur avec lui, c'était pour son bien, répétait-il à Mansour, sinon il serait devenu mou comme une femme. » Il avait voulu donner à son fils les armes qui lui permettraient d'affronter la vie. « Et je m'en suis fait un ennemi », conclut-il en secouant la tête.

Avner se rendit compte avec désarroi qu'il ne l'écoutait plus. Alors que jusque-là il avait suivi les échanges entre Mansour et les pèlerins de toute son attention, captant ici une inflexion de voix, là des hésitations, là encore un regard qui faiblissait, voilà que soudain il avait l'esprit détaché. L'éleveur de Caïfa ne l'intéressait pas.

Rentré chez lui, il alla s'étendre sur sa natte. L'adulation dont il était l'objet était-elle en train de le perdre ? « C'est par orgueil que tu as chuté », lui avait dit Mansour après l'épisode du vernis raté, des mots qu'il avait répétés lorsqu'il avait placé l'icône de Myriam au sommet du bûcher.

Ce soir-là, après son travail, il ferma les yeux et s'imagina en train de peindre son propre portrait. Ce qu'il vit l'effraya. Son expression était bouffie de suffisance.

Le lendemain, il dit à Mansour : « Je vais à Magdala vivre dans une grotte », et Mansour avertit les pèlerins que Petit Anastase quittait Nazareth pour une durée inconnue. Il y eut des protestations, mais lorsque Avner s'approcha des pèlerins déçus et les regarda dans les yeux, ils se calmèrent.

Comme un chien qui sort de l'eau

Il aurait voulu pouvoir répéter à s'en épuiser le psaume des humbles :

> *Pitié pour moi, mon Dieu,*
> *dans ton amour,*
> *Selon ta grande miséricorde,*
> *efface mon péché*

Mais à cet instant, prier sans croire n'aurait fait qu'ajouter à sa fourberie. Lorsqu'il avait prié avec Mansour ou avec les frères de Mar Saba, ce n'était pas par foi. Une fraternité les réunissait. Mais là…

Sans une piastre pour acheter un poisson ou une miche de pain, il passa deux mois avec comme seule compagnie celle de Hodja, se nourrissant de plantes arrachées à la terre ou de fruits sauvages et se désaltérant à l'eau de pluie. Assis durant des heures à l'entrée de la grotte, il regardait le lac et pensait sans cesse à ce portrait qu'il avait imaginé de lui-même.

Un matin, d'un œil aussi lucide qu'il put, il décida de recommencer la démarche. Le résultat fut accablant. De ses yeux filtrait toujours la même traînée d'orgueil, et il comprit qu'il était comme le chien qui sort de l'eau, s'ébroue et reste mouillé, que la seule façon qu'il avait de ne pas se perdre était d'accepter que l'humilité lui serait toujours inaccessible, qu'il devait surveiller sa suffisance comme on le fait d'un animal dont on sait qu'il va mordre, et que de son combat contre la vanité, il ne sortirait jamais vainqueur. Tout au plus pouvait-il espérer que les blessures qu'il en subirait ne seraient pas trop lourdes.

Face à une telle perspective, il comprit que le temps était venu de retourner à Nazareth.

Il se prend pour notre Sauveur

Au moment où il s'apprêtait à quitter la grotte, Avner crut voir un fantôme. À trois pas de lui se tenait Mansour, la bride de Sultana à la main.

— Est-ce que je rêve ? se demanda-t-il à voix haute.

— Tu ne rêves pas, répondit Mansour. Et moi, je viens de vivre un cauchemar.

Peu après le départ d'Avner, tous les pèlerins étaient rentrés chez eux. Quelques jours plus tard, une cinquantaine de vandales étaient arrivés hurlant comme des bêtes. L'atelier avait été saccagé, les huiles déversées, les pots de pigments fracassés, les pierres volées et les planches jetées dans la cour. Après qu'ils eurent mis le feu, les voyous étaient partis en courant. La mise à sac n'avait pas duré cinq minutes.

Mansour, Aïcha et Bethsabée avaient assisté à la scène, incrédules, terrorisés, bien sûr, craignant qu'ils ne s'en prennent à eux. Mais ils ne les intéressaient pas. Ce qu'ils voulaient, c'était que personne ne puisse plus repartir avec son portrait : « Voilà pour toi, blasphémateur… Traître… Imposteur… » Les Juifs criaient leur rage contre ceux des leurs qui se laissaient prendre au jeu de la séduction et répétaient à pleins poumons : « Tu ne reproduiras pas ! » Les Musulmans hurlaient : « Offense au Prophète ! Offense au Prophète ! » Les Chrétiens n'étaient pas en reste : « Il se prend pour notre Sauveur ! Il blasphème… » Avner les dérangeait tous…

— Si je suis venu jusqu'à toi, poursuivit Mansour, c'est pour que tu ne retournes pas à Nazareth. Les trois communautés se sont liguées contre toi, tu ne pourras plus y vivre en paix. Allons à Capharnaüm. La ville est maudite, tant pis. Ceux qui voudront venir viendront.

AN 1095

CAPHARNAÜM

Si de l'homme tu fais un roi

Mansour avait eu raison. Quatre années après leur arrivée, Capharnaüm était ressuscitée. Les pèlerins y étaient plus nombreux qu'à Nazareth, comme si la longueur accrue du trajet ajoutait à leur envie de se faire représenter par cet homme qui réconciliait les gens et leur apportait une dignité nouvelle. Ils arrivaient chargés de tant d'offrandes et de victuailles qu'Avner, Mansour et leurs familles vivaient dans l'opulence. «Tu nous rends la vie plus légère», disaient certains. Avant de repartir, beaucoup lui embrassaient le dos de la main, d'autres le bas de sa galabiya, certains même les pieds. Ils l'appelaient Maître ou Rabbi.

Mansour avait construit trois maisons d'un torchis composé de terre et des bouses séchées de Sultana, Hodja et Shekér. La première comptait trois chambres. Avner et Bethsabée occupaient l'une d'elles, Yasmina et Zübeyde une autre. La troisième pièce servait d'atelier. La deuxième maison abritait Aïcha, Ilham et Mansour. La troisième était faite de deux grandes chambres, l'une pour les hommes, l'autre pour les femmes, et pouvait accueillir jusqu'à vingt pèlerins.

À Ilham, Yasmina et Zübeyde, Mansour avait tenu le même discours. À Jérusalem ou à Césarée, elles restaient à portée des croisés. Partis pour la Palestine trois ans plus tôt, portés par une foi aveugle, ils commettaient massacre sur massacre. Bientôt ils seraient aux portes d'Antioche. Une fois la ville tombée, ils allaient prendre Tyr, puis Acre, Caïfa, Césarée, Jaffa, et pour finir Jérusalem. Leur mission était de chasser ceux qu'ils appelaient les infidèles, en ayant soin d'en massacrer le plus grand nombre. Leur cruauté était sans limite. Leurs grands prêtres les absolvaient par avance de tous les crimes qu'ils pourraient commettre pour libérer la terre du Christ, et personne, ni Juif, ni Musulman, ni même Chrétien grec, ne serait protégé de leur soif de sang. Alors Ilham, Yasmina et Zübeyde avaient suivi Mansour, et depuis une année, aucune d'elles ne quittait Capharnaüm. Seul Mansour partait en voyage pour approvisionner Avner.

La veille, à la tombée du jour, alors qu'Avner était en train de lisser une planche, Mansour vint le trouver à l'atelier. À peine de retour d'un long périple, il tenait à lui faire part de ce que partout on racontait sur sa personne. Les pèlerins retournaient de Capharnaüm émerveillés par les miracles qu'accomplissait ce rabbi transgresseur des Lois qui se montrait plus fort que le Christ et rendait aux gens leur dignité, en les libérant des fautes qu'on leur reprochait. L'icône devenait un ancrage dans leurs vies, un objet sacré auquel ils pouvaient retourner en tout temps. Avner rendait les gens heureux.

Lorsque les pèlerins étaient de retour chez eux, leur sérénité était contagieuse. Leur âme avait acquis une paix qui s'étendait à celles de leurs proches, et ceux-ci, apaisés, diffusaient à leur tour un bonheur nouveau :

— En Galilée, en Judée, en Samarie, j'ai traversé des villages où je n'avais jamais vu tant de gens souriants.

En rendant les hommes heureux, Avner les soustrayait à la domination des grands prêtres. Des foyers entiers se détachaient des rites religieux. Ce n'était pas le Seigneur qu'il offensait, puisqu'il amenait le bonheur. C'étaient ceux qui s'arrogeaient le droit de parler en son nom :

— Le jour viendra où ils te feront payer ton action. Tu représentes pour eux un danger mortel.

Avner écouta Mansour avec attention, et, sans un mot, se remit au travail.

Un croisé à Tibériade

Borgne de l'œil gauche, maigre, hirsute, Emmanuel de Saint-Hélie, comte de Cluny, tenait en main l'icône de Simon, le marchand juif chez qui lui et ses hommes s'étaient installés.

— Et ça, c'est toi ?

— C'est moi, répondit l'homme, je te l'assure.

Le croisé observa l'icône avec méfiance. Elle représentait un homme au port droit, au regard franc, qui dégageait une impression de force et de noblesse, alors que le marchand était chétif. Mais c'était bien son portrait.

— Qui a fait ça ?

— Un homme du nom d'Avner, qu'on appelle aussi Petit Anastase, ou Rabbi, ou encore Maître. Il était d'abord juif, puis moine et grand iconographe. Il y a quelques années, on le connaissait comme peintre. Désormais, on parle de lui comme d'un prophète. Les gens se bousculent pour qu'il les représente, car il fait ressortir ce qu'ils ont de plus beau et apporte la paix à eux et à leur entourage.

— Les gens ? Quels gens ?

— Tout le monde, répondit le marchand. Des Juifs, des Chrétiens, des Musulmans... Les pèlerins viennent à lui de toute la Palestine.

— Où trouverai-je cet homme ?

— Dans la ville maudite.

Et ils repartaient innocents

L'homme à qui Avner venait de présenter son icône s'appelait Raphaël. Il était de Jaffa, où lui et ses frères construisaient des barques. Il l'avait dit à Mansour : son intention n'était pas de montrer son image à ses proches, ils ne comprendraient pas qu'un des leurs ait transgressé la loi de Moïse. Mais voilà, lui, l'aîné, celui qui aurait dû avoir la main haute sur l'atelier, n'était pas le fort de la fratrie, plutôt le besogneux qui calibrait les pièces, les listait, indiquant chaque fois le nombre et les dimensions, celui qui établissait des plans qui n'étaient pas consultés. Les deux autres étaient des as qui construisaient des barques au juger, dans la fureur :

— Certains jours, lorsque je me compare à mes frères, je me dis : suis-je un pleutre ? J'aimerais savoir, même si cela me fait un peu peur. J'admets avoir beaucoup hésité à venir.

Cet homme ne manque ni de courage ni de dignité, s'était dit Avner. Il mérite d'être aidé. Alors il avait triché sur le port de tête, rehaussé les os du visage pour marquer les pommettes, renforcé les maxillaires et minci les lèvres. Pour le fond, il n'avait utilisé ni du bleu ni de l'or, mais dessiné les eaux du lac de Tibériade sur lesquelles flottait une barque rouge.

L'homme observa l'icône sans dire un mot. Puis il se prosterna et posa les lèvres sur le pied d'Avner.

Lorsqu'il se releva, on aurait dit qu'il avait grandi :

— Avons-nous trahi Dieu et ses Lois ?

— J'ai représenté la créature la plus glorieuse que Dieu ait conçue. Un homme. En honorant sa création, c'est lui que je célèbre.

Raphaël hocha la tête et dit : « Nous venons chez toi coupables et repartons innocents. »

*

Frappé par un sursaut d'orgueil, Avner retourna à la grotte de Magdala et y resta trois nuits, le temps de prendre la mesure de sa suffisance.

Nostalgie de la douceur bourguignonne

Pour rejoindre les croisés de Pierre l'Ermite en Berry, Emmanuel de Saint-Hélie avait vendu toutes ses terres, quatre domaines dont il avait hérité dans le Mâconnais. De ses fermiers, il avait obtenu qu'ils soient vingt à se joindre à lui. Cinq amis l'accompagnaient, des fidèles de l'abbaye de Cluny. Bien sûr, il avait fait la requête à l'abbé de lui adjoindre des moines, trois au moins, pour l'aider à «vivre dans l'unité de la foi et dans l'Espérance de la Miséricorde du Christ». Ainsi, après avoir délivré le Saint-Sépulcre, ils seraient vingt-neuf à s'établir en Terre sainte et y fonder une abbaye en l'honneur des apôtres Pierre et Paul. Soumis à l'ordre de Cluny, ils poursuivraient son œuvre sur les terres du Christ.

Mais des vingt-neuf qu'ils étaient trois ans plus tôt, seuls six avaient survécu. Le voyage s'était révélé plus cruel que tout ce qu'ils avaient pu imaginer.

Ils n'avaient pas fait que subir. Eux aussi avaient infligé... En Hongrie, ils s'étaient rendus coupables des pires atrocités. Ils avaient ensuite pillé Belgrade. Ils y avaient tué. Quelle importance ? L'indulgence pontificale leur était acquise. Leurs péchés étaient pardonnés, dès lors qu'ils œuvraient pour la plus grande gloire de Dieu. Cela ne les avait pas préservés de la férocité des mécréants. Stéphane, le moine avec lequel il avait grandi, était mort sous ses yeux au sortir du siège de Civitot, la tête tranchée par un Turc. André, son ami le plus tendre, avait disparu, tué sans doute par ces sauvages, comme l'avaient été presque tous les croisés. Ils étaient plus de vingt mille à s'être fait massacrer au fil de l'épée, brûlés vifs ou démembrés. Ceux qui avaient réussi à s'échapper, un millier au plus, s'étaient retrouvés à errer dans le désordre et les trahisons, souffrant de famine et de maladies. Alors, après avoir rejoint une autre croisade, celle des barons, au siège d'Antioche, Emmanuel et les siens s'étaient vengés, faisant cuire des païens, commettant des crimes sur des cadavres et brûlant les espions musulmans sur des broches pour faire croire qu'ils seraient mangés. « Dieu le veut », répétait Pierre l'Ermite. C'était leur devise.

Mais de lui, Emmanuel, que restait-il ? Du croyant qui avait trouvé la foi dans la douceur des terres bourguignonnes ? De son amitié partagée avec Stéphane ? Que restait-il d'André ? Rien. Pas même une sépulture. Que restait-il de leurs rêves ? De leurs discussions sans fin, si tendres et intenses ? Des heures passées sous le tilleul de la grande cour de l'abbaye, où, assis sur deux bancs de pierre, ils avaient pris la décision solennelle de se rapprocher des Cieux depuis les terres qu'avait foulées le Christ ? De vivre pour l'entreprise de Dieu et pour elle seule, en y mettant toutes leurs forces et toute leur espérance ? *L'ecclesia clunianensis* avait pour mission de s'étendre partout sur Terre, et sa présence en Palestine n'était rien moins qu'un devoir sacré. À l'abbaye qu'ils avaient prévu de construire en l'honneur de Pierre et Paul, Stéphane aurait eu la charge de l'abbatiat. De tout cela, il ne restait que six croisés usés jusqu'à la corde, cyniques et méchants. Et le jeune homme pieux et lettré qu'était une fois Emmanuel de Saint-Hélie, comte de Cluny, s'était métamorphosé en un guerrier féroce au corps épuisé et au cœur dans lequel la cruauté avait remplacé la foi.

Il fallait qu'il aille voir ce Petit Anastase, même s'il devait pour cela se rendre dans la ville maudite par le Seigneur. Il fallait que ce peintre, ou ce prophète, si tel était maintenant son rang, l'aide à retrouver celui qu'il était.

Dans l'ivresse de leur haine

Pour la troisième nuit de suite, ils n'avaient pas trouvé le plaisir.

Avner étendit son bras et posa la main sur le ventre de Bethsabée. Elle le repoussa :

— Tu n'étais pas à Nazareth quand les vandales sont venus. Tu ne les as pas vus à l'œuvre. Ces gens te haïssent. Aujourd'hui que tant de pèlerins viennent jusqu'à Capharnaüm et en repartent en répandant dans toute la Palestine leur adulation pour toi et tes œuvres, ils seront encore plus nombreux à te haïr. Ce ne sera pas à l'atelier qu'ils s'en prendront, mais à toi, et, dans l'ivresse de leur haine, à nous tous. Partons ! Allons à Magdala vivre dans ta grotte.

— Je dois poursuivre ma mission.

— Tu te substitues à Dieu. Tu sombres dans l'orgueil !

— Ma place est ici..., conclut Avner.

Les croisés d'Emmanuel

Avner aimait le bruit que faisaient les pèlerins à leur arrivée. C'était un bruit doux, bienfaisant, celui de leurs sandales foulant la terre battue, ou de sabots d'âne ou de mulet, ou encore, pour les plus fortunés, celui des pattes de leur chameau. Il arrivait qu'Avner n'entende pas de voix, pas même un chuchotement, tant certains pèlerins étaient intimidés de se retrouver soudain près de lui. Mais le bruit qui à cet instant lui parvenait n'avait rien de doux. C'était un bruit de fer et de guerre.

Devant son atelier, une demi-douzaine de cavaliers tiraient sur les rênes de leurs chevaux et regardaient autour d'eux, l'air mauvais, comme s'ils s'attendaient à être attaqués. Ils portaient tous un casque à nuquière de maille, et leurs tabards, marqués d'une grande croix rouge, étaient sales, souillés de sang et raccommodés au gros fil.

L'un d'eux mit pied à terre et demanda dans un grec approximatif :

— C'est toi qu'on appelle Petit Anastase ?

L'homme semblait à bout de forces. Avner remarqua qu'il était borgne de l'œil gauche.

— Il paraît que tu fais des miracles…

Avner secoua lentement la tête :

— Je ne guéris pas.

— Alors que fais-tu, pour que tant d'adeptes viennent te voir dans ce trou maudit par notre Sauveur ?

— Je m'adresse au cœur des gens, répondit Avner. J'essaie de faire en sorte qu'ils s'acceptent.

Le croisé le dévisagea. Cet homme avait tout du Juif ou du Seldjoukide :

— Fais-nous voir ta verge.

Avner le regarda dans les yeux, attendit quelques secondes et releva sa robe.

— Tu es donc juif ou turc et tu trahis les tiens… Un mécréant dont il faut se méfier. Mais je suis venu jusqu'à toi et ne vais pas changer d'avis pour un prépuce. Je veux que tu fasses mon portrait.

— Pour cela, il faut que tu me parles de toi.

L'homme resta quelques instants les yeux dans ceux d'Avner.

— Sais-tu où se trouve la Gaule ?

Avner secoua la tête.

— Là d'où je viens, les terres sont généreuses et les rivières poissonneuses. Où que l'on porte son regard, on est émerveillé par la douceur des collines et l'harmonie des villages. Pourtant, nous sommes nombreux à avoir quitté ces lieux enchanteurs pour délivrer le Saint-Sépulcre des mécréants. Et nous avons pour cela frôlé la mort cent fois. Si je suis arrivé vivant jusqu'à toi, c'était que le Seigneur était avec moi.

Des malheurs subis depuis son départ aux croisades, le croisé ne dit rien. Mais il usa de mots tendres pour décrire ses jours heureux dans les collines de Bourgogne, entre foi et espérance, chasse et lecture des Textes, prières et amitiés. Il raconta avec nostalgie les heures innombrables passées à deviser avec Stéphane et André dans le cloître de l'abbaye, dans les allées de son château, ou le long des prés et des champs. Il se souvint du jour, de l'heure même, où ils s'étaient trouvés au bord de l'un des étangs créés par la nouvelle digue, dans le quartier de Saint-Marcel, à une demi-lieue du cloître. Les eaux de la Grosne avaient été repoussées et des viviers naturels s'étaient constitués en lisière de l'abbaye. Plus au sud, sur la route qui menait au château de Lourdon, propriété des Saint-Hélie, les étangs étaient poissonneux. Soudain, une truite s'était approchée du bord. Elle se tenait immobile, sous leurs yeux, comme si elle était venue à leur rencontre. C'était un poisson d'une taille qu'ils n'avaient jamais vue, frappant de beauté, aux reflets bleu d'argent. *Ihthys*, avait dit André, qui voulait dire poisson, l'acronyme de *Iissous Christos Théou Yios Sotir, Jésus-Christ Sauveur Fils de Dieu.* Ils conclurent que l'apparition de ce poisson magnifique était un signe, et qu'aucune tâche, aucun acte, n'était plus essentiel que de participer à l'édification du Royaume sur Terre.

Avner l'écouta en silence. Lorsque l'homme eut terminé son récit, Avner lui dit de revenir dans huit jours.

La gloire des grands prêtres et leur goût d'asservir

« Partons, lui répétait Bethsabée. Allons dans ta grotte. » Aïcha renchérissait : « Il va nous arriver malheur. Tu as vu cet homme et ses compagnons ? Des bêtes sauvages. »

Bien sûr qu'il avait observé le croisé. Il avait écouté et compris chacun de ses mots, deviné, aussi, ce qu'il lui cachait. Le savait-il, qu'il était encore homme de bien ? Son devoir, à lui, Avner, était de lui rappeler qu'il restait dans son cœur une inaliénable parcelle d'amour. De le libérer de son désir de vengeance. À cet homme vérolé de violence, il devait faire confiance, comme le Christ, refusant l'offre du Malin, avait fait confiance à l'homme, à sa capacité d'user de son libre arbitre. Tel était son devoir. Suivre l'exemple du Christ et apporter à cet homme la certitude qu'il restait chrétien, que le diable n'avait pas gagné la partie, et que lui-même était encore capable de choisir le bien sur le mal.

Car qui était-il, cet homme, sinon la victime innocente de tous ceux qui l'avaient détourné de la vie belle et juste qui était la sienne dans les douces collines de Bourgogne, de sa complicité merveilleuse avec Stéphane le moine clunisien, de son amitié tendre avec André, le compagnon de toujours ? Enfant, on l'avait effrayé en lui disant qu'il était coupable depuis toujours, coupable avant même de naître, coupable de crimes qu'il n'avait pas commis et dont il ignorait jusqu'à la nature, et cette peur était restée ancrée en lui malgré les ans. Adulte, on l'avait convaincu que les pires atrocités qu'il allait perpétrer lui seraient pardonnées pour la gloire de ces mêmes grands prêtres, perdus dans leur goût d'asservir, ivres d'une vanité sans limite, avides d'honneurs et de pompes.

L'étude du grec, les débats en monastère, l'intelligence aiguë d'Anastase, sa générosité, avaient permis à Avner d'accéder aux Textes, de les approfondir, d'en saisir l'immense sagesse. Mais ils lui avaient aussi donné l'occasion de n'être pas dupe de l'utilisation qui en était faite, lorsque l'ambition et la vanité se substituaient à la charité.

Il n'y avait pas que les prêtres chrétiens qui avaient décidé de tenir l'homme en servitude. Les Juifs et les Musulmans savaient, eux aussi, soumettre les leurs. Jusqu'à interdire la représentation d'un papillon, sous prétexte qu'il pourrait devenir objet d'idolâtrie… Ou plutôt, source de joie, et porter ombrage à leur toute-puissance.

Si lui-même avait été chassé de Mar Saba, c'était parce que ses planches dévoilaient la tromperie des icônes, qui se voulaient incarnation de la divinité, une sorte de pourboire à l'homme, alors qu'elles n'étaient qu'une ruse pour le maintenir en soumission.

Pour représenter le croisé, il choisit la plus grande de ses planches, une pièce carrée qui faisait plus d'une coudée à l'arête. Et il dit à Bethsabée et à Aïcha qu'il ne quitterait pas Capharnaüm, et qu'elles devaient le laisser faire son travail jusqu'au bout, car son devoir était d'extraire cet homme de sa haine.

Quelques jours plus tard

Au retour d'Emmanuel et de ses cavaliers, Avner quitta son atelier et, sans un mot, tendit à Emmanuel l'icône qui le représentait.

Il l'avait peint de face, en Christ. Le croisé regardait le spectateur avec douceur, de ses yeux grands et bleus. Il portait une couronne d'épines. Son tabard, immaculé, était marqué d'une grande croix rouge, et ses épaules recouvertes d'une cape pourpre, semblable à celle dont les soldats romains avaient affublé le Christ, pour moquer le roi des Juifs. Le fond de l'icône était d'or, sans autre ornement, et il se dégageait de l'œuvre un sentiment puissant dans lequel se mêlaient le drame de la Passion, la douceur du regard et la violence annoncée du tabard blanc marqué du rouge de la croix. Sur la gauche du tableau, à hauteur des yeux, Avner avait dessiné un poisson bleu d'argent sous lequel figuraient ces lettres, marquées en rouge : Ι Χ Θ Υ Σ, poisson, en grec, et, du côté droit, en rouge aussi, sur fond d'or :

ΙΗΣΟΥΣ ΧΡΙΣΤΟΣ ΘΕΟΥ ΥΙΟΣ ΣΩΤΗΡ
Jésus-Christ Sauveur Fils de Dieu

Emmanuel leva les yeux :

— Tu m'as fait plus beau que je ne suis. Tu voulais me flatter, sans doute, dans l'idée qu'ainsi je t'épargnerais.

Il leva la planche et la fit admirer à ses compagnons, qui tous se mirent à rire.

— Te voilà beau à nouveau, lança l'un d'eux. Toi aussi tu ressuscites !

— Je t'ai fait comme je te vois, répondit Avner.

Emmanuel eut une moue de mépris. Avner n'avait-il pas remarqué qu'il avait perdu un œil ?

— Je l'ai vu et plus que vu, répondit Avner. Retourne la planche.

Emmanuel le regarda, l'air intrigué, puis retourna la planche. Avner l'avait peint coiffé d'une nuquière à maille. Il était borgne et son expression était mauvaise. Son tabard était souillé, sa croix ébréchée. Pour le fond, Avner avait peint un paysage de désolation, avec en surplomb une muraille endommagée.

Emmanuel éclata de rire et leva la planche en direction de ses compagnons, qui s'esclaffèrent.

— Te rends-tu compte de ton audace ?

— Je ne m'attribue aucun courage. C'est ainsi que tu t'es découvert à moi.

— Te voilà bien présomptueux. As-tu pensé à ce que tu risques, en me représentant ainsi ?

— Je m'en remets à toi, répondit Avner. Comme le Christ face au Malin, lorsqu'il a choisi de maintenir sa confiance en les hommes.

Emmanuel examina son portrait à nouveau, le borgne d'abord, puis l'autre.

— C'est un arrogant, lança une voix.

— On l'embroche, lança une autre.

Emmanuel resta silencieux. Cet homme l'avait compris. Au péril de sa vie, il lui avait exprimé sa foi en sa charité. Depuis son départ aux croisades, personne ne lui avait exprimé une telle confiance. Mais sa lucidité était terrible. Le verso de l'icône racontait une tout autre histoire. Depuis trois ans, il s'était fourvoyé, contaminé par la violence de ceux qui ne faisaient que défendre leur terre, perdu dans le désir de venger les morts et les blessés que lui et les siens avaient provoqués. Fallait-il que tant de sang coule, que tant d'innocents meurent, pour retrouver l'Esprit du Sauveur ?

Tout cela n'avait aucun sens. Cette terre n'était pas la leur. Elle ne le serait jamais. Du reste, l'Esprit du Sauveur n'était-il pas partout ? Dans les collines de Bourgogne comme dans les couloirs de l'Abbaye, à Cluny ? Dans le cœur des hommes, surtout ? Dans celui de Stéphane ou d'André ? N'était-ce pas là qu'il fallait le chercher ?

Un marché de dupes, voilà dans quoi il s'était fourvoyé. Et voilà ce que Petit Anastase lui dévoilait en quelques traits. Avec ses pinceaux, il lui disait de quitter cette forfaiture, en l'assurant que tout n'était pas perdu, qu'il gardait au fond de son cœur un amour de vrai Chrétien, et que c'était lui et lui seul, Emmanuel, qui pouvait le retrouver. Oui, cette icône éclatait d'une vérité si forte et révélait une imposture si grande qu'elle lui était insupportable.

Alors il la lança en direction d'Avner, qui l'attrapa au vol, puis se tourna vers ses compagnons et leur annonça qu'ils rentraient en Bourgogne.

— Tu veux dire, mon maître, lança l'un d'eux, que nous n'allons pas délivrer le Saint-Sépulcre à Jérusalem ?

— Je veux dire ça exactement, répondit Emmanuel.

Avner les regarda s'éloigner, et lorsqu'ils se trouvèrent à une centaine de pas, il retourna à son atelier et reprit son travail.

AN 1104

CINQ ANS PLUS TARD

La mort d'Avner

Au cours des cinq années qui suivirent, Avner poursuivit sa mission avec une ferveur grandissante, à hauteur des marques de reconnaissance qu'il recevait des pèlerins. Dans toute la Palestine, son nom était désormais symbole de consolation. Bethsabée ne lui demandait plus de partir. Elle avait compris que rien, jamais, aucun risque, aucune menace ne pourrait le détourner de la tâche qu'il s'était fixée.

Il avait changé. Ses cheveux, toujours aussi abondants et drus, étaient blancs. Il avait maigri encore, et les os de son visage ressortaient sous la peau. Toujours vêtu d'une galabiya blanche, il impressionnait, plus retenu, plus absent, aussi, tout entier à l'écoute de celui qu'il allait représenter. Il savait qu'à tout instant sa démarche pouvait prendre fin, et peu importait que celle-ci soit ou non violente, il mettait à son travail autant d'ardeur qu'il le pouvait.

Le plus grand changement dans sa vie s'était produit cinq ans plus tôt, suite à la visite du croisé. Il avait alors demandé à Mansour de ne plus exiger un dinar d'or en échange d'une icône. Le croisé n'avait rien donné, pourtant c'était avec lui qu'Avner s'était montré au plus près de sa mission, lorsque l'homme avait reconsidéré le sens de sa croisade et évité, ainsi, des morts qui se seraient ajoutées à d'autres morts.

Désormais, chaque pèlerin laissait ce qu'il pouvait, quelques pièces de monnaie, de la nourriture, une étoffe. Certains apportaient des ingrédients dont ils savaient qu'ils étaient utiles au travail d'Avner, des huiles de noix ou de lin, quelquefois des pigments, même des pinceaux de leur fabrication.

Ils venaient à Capharnaüm toujours plus nombreux, et Mansour dut construire pour eux une deuxième maison.

Sa bourse s'appauvrit. Il ne lui fut plus possible d'acheter les ingrédients nécessaires à la fabrication des icônes, comme il le faisait jusque-là.

Avner accueillit cette pénurie avec une joie profonde. Le manque de pigments l'obligeait à une économie de moyens en même temps qu'à un approfondissement. De plus en plus dépouillée, la représentation des pèlerins tendait vers l'esquisse. Parfois, elle se réduisait à un dessin. D'un trait de pinceau, Avner captait une âme, et de ses icônes épurées émanait une spiritualité jamais atteinte jusque-là.

Les convois de pèlerins, plus nombreux, déclenchaient de temps à autre une manifestation d'hostilité. De petits groupes venaient des villes voisines, Tibériade, Magdala ou Bethsaïde. Quelques individus s'approchaient de l'atelier, hurlaient : « Diable ! Diable ! » avant de déguerpir. À quatre reprises, aux cris s'ajoutèrent des jets de pierres. Une tentative d'incendie fut infructueuse.

Le 7 juillet 1104, une horde d'une trentaine d'hommes, comprenant une poignée de rabbins, d'imams et de moines, quitta Tibériade pour Capharnaüm. Ils étaient menés par les trois grands prêtres de leurs communautés, qui avaient pour nom Moussa, Mahmoud et Marcel.

La horde commença par rouer de coups les pèlerins, et ceux-ci se dispersèrent vers la montagne en courant et en poussant des cris de désespoir.

Lorsque Mansour, Avner et les leurs voulurent s'enfuir à leur tour, la horde les en empêcha.

Face au spectacle de destruction qui se déroulait sous ses yeux, Avner s'entendit prononcer ces mots, qu'il n'attendait pas :

Seigneur, Jésus-Christ, fils de Dieu,
Aie pitié du pécheur qui s'adresse à Toi.

Il les répéta de nombreuses fois, tandis qu'il observait la horde s'acharner sur l'atelier.

Les trois grands prêtres s'approchèrent de lui. « Au diable, toi et tes peintures ! », lui cracha l'un d'eux. « Tu nous rends la vie impossible ! », lui lança un autre. « Le bonheur des hommes est dans les mains de Dieu, hurla le troisième, pas dans les tiennes. »

Lorsque les trois grands prêtres s'éloignèrent d'Avner, ceux de la horde se saisirent de lui, de Mansour et des leurs, dix personnes, dont les trois jeunes enfants d'Avner et de Bethsabée. Ils les attachèrent dos à dos et les enfermèrent dans l'atelier dévasté, avant d'y mettre le feu.

Sultana, Hodja et Shekér, qui assistaient à la curée, virent les flammes ravager la maison, entendirent les hurlements qui venaient de l'intérieur, et se mirent à crier comme elles n'avaient jamais crié. Elles tentèrent de se libérer de leurs attaches, afin de porter secours à leurs aimés. Lorsqu'elles comprirent que toutes leurs forces n'y suffiraient pas, elles se collèrent l'une à l'autre, et, toujours hurlant, chacune chercha consolation en se frottant du ventre ou de la tête à ses compagnons de malheur.

Quand il apparut à la horde que le feu avait rempli son office, les grands prêtres se répartirent les trois bêtes. Moussa monta Sultana, Mahmoud choisit Hodja et Marcel enfourcha Shekér.

Vrai amour

Dans les heures qui suivirent la mort d'Avner et des siens, plusieurs malheurs se succédèrent. Alors que Moussa s'affairait à poser un harnais à Sultana, celle-ci le mordit au cou et serra de toutes ses forces et de toutes ses dents, jusqu'à ce qu'il étouffe. Dans l'après-midi, alors que Mahmoud et Hodja approchaient de Tibériade, le mulet désarçonna son nouveau maître sans raison apparente, s'approcha de lui et lui fracassa le crâne d'un coup de sabot auquel il ne survécut pas. En fin de journée, alors que Marcel se trouvait derrière Shekér, celle-ci donna une ruade comme elle n'en avait jamais donné, l'émascula et s'enfuit. La blessure s'infecta et l'homme mourut.

Après avoir rendu justice, chacune des trois bêtes se rendit à Capharnaüm. Au coucher du soleil, elles se retrouvèrent devant les restes de l'atelier, se collèrent l'une à l'autre et restèrent là sept jours et sept nuits, à hurler et à pleurer leurs amis.

Au matin du huitième jour, imprégnées des odeurs de l'incendie, les trois bêtes se dirigèrent vers le lac de Tibériade, là où Avner et Mansour avaient passé une nuit, bien des années plus tôt.

Arrivées aux rives du lac, elles se précipitèrent dans l'eau, joyeuses d'y galoper et de se frotter l'une à l'autre, jusqu'au soleil couchant et même plus tard. On aurait dit qu'elles recevaient ainsi le baptême et renaissaient à la vie.

Retournements de l'histoire

En 1108, dans *Minhaj Al-Abidim*, *La Voie de la dévotion,* Al-Ghâzali, l'un des plus grands penseurs de l'Islam, a reconnu Avner d'Acre comme « un *être inspiré*, dont les actes, en dépit de certains errements, étaient conformes aux préceptes du Prophète, en charité et en humilité ».

Autour de 1190, Maïmomide a salué l'œuvre d'Avner, « un Juste (en hébreu : Tsedek) qui, en chaque homme, cherchait la part de Dieu [1] ».

Enfin, le 6 avril 1292, jour de Pâques, le patriarche Anastase 1er éleva Avner, dit Petit Anastase, au rang de Saint-Martyr de l'Église orthodoxe de Constantinople.

1. Dans le *Guide des Égarés*, partie III, chap. 9.

NOTE À L'INTENTION DU LECTEUR

Les trois mystères du Christ Guerrier

L'histoire du Christ Guerrier *nous laisse face à trois mystères.*

Comment l'icône a-t-elle abouti au monastère de Mar Saba ? Pourquoi n'a-t-elle pas été détruite, étant « hors des canons » de l'époque, et donc, blasphématoire ? Enfin, qu'est devenue l'œuvre immense d'Avner ?

On peut imaginer qu'à la demande d'Avner, Mansour ait apporté à Petros l'icône du Christ Guerrier. *Peut-être qu'Avner voulait, une fois encore, marquer sa gratitude à l'higoumène. Avait-il l'espoir que Petros ferait du* Christ Guerrier *son « icône de cœur », celle avec laquelle le croyant grec orthodoxe demande à être enterré ? Ce n'est pas impossible. J'ai demandé (et obtenu) de l'higoumène actuel de Mar Saba, frère Panayotis, l'autorisation de consulter les actes du monastère portant sur les dernières années du* XI*e siècle et les premières du siècle suivant.*

Après quelques recoupements, me basant sur l'analyse dendrochronologique, j'ai retenu une période de vingt-cinq ans, celle allant des années 1078 à 1103, pour rechercher l'éventuelle annotation d'une visite de Mansour.

Il est intéressant de noter que Frère Gerassimos[1]*, l'actuel bibliothécaire de Mar Saba, n'a trouvé, dans les actes du monastère, aucune référence à Petit Anastase, ni à l'autodafé. Ce silence peut se comprendre, tant l'épisode était peu glorieux.*

Il a en revanche repéré l'entrée suivante, à la date du 12 avril 1097 :

Ce jour vers midi, le marchand Mansour arrive muni d'un présent à l'intention de notre bienheureux higoumène Petros, que son âme repose en paix. Le présent consiste en une icône, dont l'auteur, qui est inconnu à celui qui tient les actes en ce jour d'avril 1097, veut faire don à notre bienheureux frère Petros, pour qu'il en fasse son icône de cœur. Apprenant que six mois plus tôt, notre bienheureux a rejoint le royaume des

1. Je remercie chaleureusement frère Gerassimos pou son irremplaçable assistance.

Cieux, il nous interroge sur ce qu'il convient de faire pour respecter le vœu du donateur. Notre bien-aimé higoumène, frère Joachim, propose de cacher l'icône dans les pierres de sa propre cellule, celle où Petros a vécu durant quarante-trois années de sa vie, à ses yeux la façon la plus proche qu'il est possible de répondre au souhait du donateur. Ainsi fut fait, et l'icône insérée et cachée de façon parfaite et durable par un mur de pierres.

Signé : frère Michail, chargé des actes en ce jour du Seigneur.

On peut émettre l'hypothèse que Joachim a compris, à la seconde où il a vu Mansour découvrir l'icône, que celle-ci était de la main d'Avner. Mansour n'aurait pas pu le lui cacher. Mû sans doute par un mélange de remords et de prudence, Joachim aura décidé de ne pas détruire l'icône mais de la protéger pour toujours.

Le Christ Guerrier *est sans doute resté plusieurs siècles dans sa cache, en tout cas jusqu'au* XVe. *En 1483, un incendie a ravagé plusieurs bâtiments de Mar Saba. Il est possible que la découverte de l'icône date de cette année-là, et que du fait de son modernisme stylistique, elle ait été attribuée à Théophane le Grec (1340-1410), le plus illustre de tous les iconographes ayant travaillé à l'atelier du monastère. N'étant pas blasphématoire selon les canons de leur époque, les moines la considérèrent comme leur joyau. Cette hypothèse permettrait d'expliquer les deux premiers mystères du* Christ Guerrier.

Quant au devenir de l'œuvre d'Avner – le troisième mystère –, il est vraisemblable qu'à la suite de l'autodafé, par un effet de bouche à oreille, de nombreuses pièces accrochées dans les monastères de Palestine et de Constantinople furent considérées blasphématoires et détruites. Ne pas le faire aurait constitué plus qu'une offense, un péché. Quant aux centaines – si ce n'est aux milliers – d'icônes qu'Avner a peintes à la demande de ses pèlerins, plusieurs raisons peuvent expliquer leur disparition. Aucune de ces pièces n'avait été commanditée par un «puissant». Elles étaient en main de marchands ou de cultivateurs aisés, dont on peut imaginer qu'au fil des ans, l'un ou l'autre de leurs descendants n'ait eu aucune envie (s'il était juif ou musulman) d'afficher une représentation qui violait effrontément la Loi. Si le propriétaire était chrétien, ses descendants (jusqu'au XIVe *siècle, avant l'entrée en force des nouveaux canons) se retrouvaient devant un même dilemme : comment garder un objet blasphématoire ? Cette hypothèse est largement corroborée par les travaux de la professeure Gültin Akgönül*[1]*, de la* Ege Üniversitesi *(Université de la mer Égée), consacrés*

1. *Ortadoğu'da ortaçağ zamanında gizli resim tarihi*, in *Sanat tarihi dergisi, Ege Üniversitesi, Nisan, 2012.*

à l'étude de la représentation cachée (illicite) dans l'Orient médiéval. Entre rejet des survivants, pillages, exils ou négligence, l'Histoire a montré combien les héritages artistiques sont fragiles lorsqu'ils ne sont pas protégés par le pouvoir séculier. Mais il est probable que des icônes peintes par Avner existent toujours, sur lesquelles leurs nouveaux propriétaires jettent de temps à autre un regard admiratif.

M.A.

Histoire de la peinture secrète dans l'Orient médiéval, Revue d'Histoire de l'art, Université de la mer Égée, avril 2012.

TABLE

Prologue 11

An 1079
Acre

Quatre petites figues enrobées de sirop 17
Sur le chemin du retour 26
Le plaisir de la fleur au moment où la pénètre une trompe de papillon 29
La vie 32
Il n'y a que l'or 35
Un sentiment de sérénité 39
Jamais 41
Les huit portes 43
Caresser de la soie 46
Aussi douce que ta peau 49
Le roi des arbres 51
Mansour le marchand 53
Grand travail 56
Le temps de la réflexion 58
La pêche miraculeuse 59

Un an plus tard
Acre

Tu es Anastase 65
Un petit sifflement 71
Une icône vivante.............................. 76
L'esprit en feu.............................. 77
Dernière couche 79
Partir.............................. 80

An 1081
Sur la route de mar saba

Un mets du désert.............................. 87
Sois fou 93
Prier 99
La Sainte Trinité 102
La ville maudite.............................. 104
Une coque de noix sur une mer démontée 113
Ce que le destin te réserve 116
Nourrir les autres.............................. 122
Le grand Théophile.............................. 126
Les yeux ouverts.............................. 135

An 1090
Dix ans plus tard
monastère de Mar-Saba

Dis-lui d'être prudent.............................. 139
Désir 145
Vengeance.............................. 147

Peindre, écrire 149
Aux hérétiques, l'Église reconnaissante 153
La révolte des iconographes 154
Dans les mots du maître 156
Disparitions 164
Après la dispute 166
Au-delà du devoir 168
Gratitude 170
Autodafé 172

An 1090
Le retour

Un instant de vanité 179
Ce qu'il y a de divin dans chaque être 183
La Ville sainte 185
Douceur d'un regard 189
Vie et mort du Conquérant 193
Un rêve 201
Le Cinquième Commandement 205
Trois prières 209
Là serait la vraie folie 213
Regarder vraiment 216
De l'une et de l'autre 217
C'est toi ou c'est moi ? 219
Comme avec Myriam 224
Difficile pardon 226
Jusqu'à ce que tombe la nuit 228
Dans son essence divine 231
Vertige 233

Youssef le rusé ... 234
Le soir venu ... 237
Adulation ... 239
Comme un chien qui sort de l'eau ... 243
Il se prend pour notre Sauveur ... 245

An 1095
Capharnaüm

Si de l'homme tu fais un roi ... 249
Un croisé à Tibériade ... 252
Et ils repartaient innocents ... 254
Nostalgie de la douceur bourguignonne ... 256
Dans l'ivresse de leur haine ... 260
Les croisés d'Emmanuel ... 261
La gloire des grands prêtres et leur goût d'asservir ... 265
Quelques jours plus tard ... 268

An 1104
Cinq ans plus tard

La mort d'Avner ... 275
Vrai amour ... 280
Retournements de l'histoire ... 282
Note à l'intention du lecteur ... 283
Les trois mystères du Christ Guerrier ... 283

DU MÊME AUTEUR *(suite)*

LA CONFRÉRIE DES MOINES VOLANTS, roman, Grasset, 2013 ; Points Seuil, 2014.

JULIETTE DANS SON BAIN, roman, Grasset, 2015 ; Points Seuil, 2016.

L'ENFANT QUI MESURAIT LE MONDE, roman (prix Méditerranée, Prix des lecteurs Points Seuil, Prix des Littératures européennes de Cognac), Grasset, 2016 ; Points Seuil, 2017.

DICTIONNAIRE AMOUREUX DE LA SUISSE, Plon, 2017.

MON PÈRE SUR MES ÉPAULES, Grasset, 2017 ; Points Seuil, 2018.

CARNAVAL NOIR, ROMAN, Grasset, 2018 ; Points Seuil, 2019.

DICTIONNAIRE AMOUREUX DE L'ESPRIT FRANÇAIS, Plon-Grasset, 2019.

RACHEL ET LES SIENS, roman, Grasset, 2020.

Composition Maury-Imprimeur

Cet ouvrage a été imprimé
par CPI Brodard & Taupin
pour le compte des éditions Grasset
à La Flèche (Sarthe)
en mai 2021

PAPIER À BASE DE
FIBRES CERTIFIÉES

Grasset s'engage pour
l'environnement en réduisant
l'empreinte carbone de ses livres.
Celle de cet exemplaire est de :
550 g éq. CO_2
Rendez-vous sur
www.grasset-durable.fr

N° d'édition : 22018 – N° d'impression : 3043358
Dépôt légal : juin 2021
Imprimé en France